Et si on se rencontr@it

Ouvrage paru :

Enfermés dehors, album de photos, Julie DUROCHER et Gabriel JONES, Stanké, 1999.

Julie Durocher
Charles Paquin

Et si on se rencontr@it

roman

Libre Expression

Libre Expression

Données de catalogage avant publication
Paquin, Charles
Et si on se rencontrait
ISBN 2-7648-0051-7
I. Durocher, Julie. II. Titre.

PS8581.A674E8 2003   C843'.6   C2003-940334-3
PS9581.A674E8 2003
PQ3919.3.P36E8 2003

Photo de la couverture
JULIE DUROCHER

Maquette de la couverture
FRANCE LAFOND

Infographie
DOUBLE-V ARTS GRAPHIQUES

LE CONSEIL DES ARTS | THE CANADA COUNCIL
DU CANADA | FOR THE ARTS
DEPUIS 1957 | SINCE 1957

Les Éditions internationales Alain Stanké remercient le Conseil des arts du Canada et la Société de développement des entreprises culturelles (SODEC) de l'aide apportée à leur programme de publication.

Nous reconnaissons l'aide financière du gouvernement du Canada par l'entremise du Programme d'aide au développement de l'industrie de l'édition (PADIÉ) pour nos activités d'édition.

Gouvernement du Québec – Programme de crédit d'impôt pour l'édition de livres – Gestion Sodec

Éditions Libre Expression
7, chemin Bates
Outremont (Québec) H2V 4V7

Dépôt légal :
1er trimestre 2003

ISBN 2-7648-0051-7

Après quoi on court ?

Un court-métrage savoureux

JEAN-CLAUDE PHILLIBERT

Qu'arrive-t-il lorsqu'un réalisateur de publicités se pose des questions existentielles ? Il arrive parfois que cela donne un petit bijou de court-métrage. David Leclair, 28 ans, à qui l'on doit les vidéoclips de plusieurs chanteurs et chanteuses d'ici, de même que plusieurs publicités primées, a décidé de prendre la caméra par les cornes pour répondre à une question (et non la moindre) qui le hante depuis de nombreuses années : après quoi on court ?

Le résultat ? Un court-métrage savoureux, tantôt drôle, souvent touchant. Le jeune réalisateur, armé de sa mini-DV, est descendu dans la rue avec son directeur photo et ami Philippe Dubé poser la question à... tout le monde.

« On n'est pas juste descendus dans la rue, précise Leclair, on est aussi montés très, très haut dans les tours à bureaux... mais disons que c'est plus difficile de se rendre là », ajoute-t-il.

Amateur de philosophie, il a savamment truffé le court film de citations des plus grands philosophes, d'où l'appellation de documentaire « philosophicomique ». « Je voulais montrer que peu importe où tu es et qui tu es dans la vie, tout le monde veut la même chose, tout le monde cherche la même chose : être heureux. Et c'est hallucinant de voir comment un gars peu instruit qui en arrache peut avoir une réflexion très élaborée, très songée, alors qu'un autre qui a visiblement réussi dans la vie semble baigner dans un vide métaphysique total », ajoute le principal intéressé.

C'est bon à savoir, nos concepteurs de pubs ont une âme. Et comme une bonne nouvelle ne vient jamais seule, David Leclair travaille présentement à son premier long-métrage. En attendant, courez voir son *court* au Festival du jeune cinéma à la Cinémathèque québécoise du 1er au 3 mai.

De: flavie.valois@sympatico.ca
Le jeudi 1ᵉʳ mai, 8 h 30
Objet: Votre court-métrage

Bonjour David Leclair,

Hier soir, je lisais le journal et un article qui faisait l'éloge de votre court-métrage a attiré mon attention à cause du titre *Après quoi on court?* Je suis encore sous le choc: je travaille présentement à monter une pièce de théâtre. Le titre? *On court après quoi?* Assez incroyable, non?

◆

De: leclairdavid@yahoo.ca
Le jeudi 1ᵉʳ mai, 10 h 21
Objet: ?!!

Effectivement, c'est toute une coïncidence! Mais, à qui ai-je l'honneur?

◆

De: flavie.valois@sympatico.ca
Le vendredi 2 mai, 13 h 14
Objet: Pardon

À une fille qui trouvait votre truc bien trippant et qui avait envie de vous le dire. L'article de *La Presse* m'a donné le goût d'aller voir votre film. Malheureusement, je pars en fin d'après-midi et je reviens seulement lundi matin: je vais donc le manquer. Je m'appelle Flavie Valois.

De : leclairdavid@yahoo.ca
Le vendredi 2 mai, 23 h 54
Objet : Merci Flavie

Mademoiselle Valois,

Vous n'avez pas vraiment répondu à ma question. Je voulais savoir, en plus de votre nom, ce que vous faites dans la vie. En fait, savoir un peu plus à qui je m'adresse. Et je suis curieux : quelle est cette pièce que vous montez ? Vous êtes metteure en scène ?

Hier soir, c'était la première de mon film devant un vrai public. La réaction a été super bonne. Quel soulagement ! Ce soir aussi, ça a très bien marché, les gens ont applaudi à la fin et plusieurs personnes sont venues me féliciter. J'avais un gros poids sur les épaules et il a disparu comme par enchantement.

C'est trippant, dans le programme ils ont écrit : « Œuvre ambitieuse, sujet abordé de façon très efficace, traitement vif et réussi. »

◆

De : flavie.valois@sympatico.ca
Le lundi 5 mai, 8 h 23
Objet : Oups !

Excusez-moi, c'est vrai que je n'ai pas été très précise... En fait, c'est la première fois que j'envoie un courriel à quelqu'un que je ne connais pas, ça me fait un peu bizarre.

Pour répondre à votre question: non, je ne suis pas metteure en scène, je suis travailleuse sociale. J'ai fondé une maison de jeunes dans l'est de la ville avec trois collaborateurs. Notre maison, Le FoulArt, est axée sur les activités artistiques. Notre philosophie est de permettre aux jeunes de s'épanouir et de s'exprimer à travers des arts comme le théâtre, la musique, le dessin et la poterie. Je suis responsable de l'activité théâtre avec un autre intervenant et nous montons en ce moment la pièce de théâtre en question.

Notre texte n'est pas truffé de citations philosophiques comme dans votre film. Dans notre pièce, chaque jeune se pose la question «On court après quoi?» et sa réponse est illustrée par un sketch de dix minutes. Il y a douze jeunes, et donc douze sketches. Ils sont très créatifs; c'est assez impressionnant. Nous avons trouvé ce concept il y a un mois et nous sommes en pleine création. J'aimerais bien qu'ils voient votre court-métrage à un moment donné. Où pourrait-on le voir?

Toutes mes félicitations pour ce si bel accueil. Ce doit être très stimulant. Je suis encore plus déçue d'avoir manqué la projection.

Flavie Valois

De: leclairdavid@yahoo.ca
Le lundi 5 mai, 19 h 34
Objet: Votre pièce

À votre tour, vous me donnez le goût d'aller voir cette pièce. J'espère que vous m'enverrez une invitation.

C'est un beau nom, Flavie. Et vous semblez avoir une belle énergie! Je vous trouve courageuse de faire le travail que vous faites.

De mon côté, je travaille présentement à mon long-métrage (mon rêve). Ça fait deux ans et demi que je vis avec ça dans mon ventre. En ce moment, nous terminons la réécriture car nous avons eu un oui/non de Cinéfilm. Ils ont demandé des modifications au scénario et des coupes budgétaires. Jacques, mon producteur et mentor, s'occupe de cet aspect-là. Nous remettons le nouveau scénario dans deux mois.

Quel âge avez-vous? Je veux savoir quel est mon public cible... :-)

David Leclair

◆

De: flavie.valois@sympatico.ca
Le mardi 6 mai, 14 h 33
Objet: Réponse du public

Je ne suis pas convaincue de faire partie de votre public cible car je suis plus âgée que vous, j'ai 32 ans.

Je vous enverrai une invitation; la pièce sera présentée en août. Et merci pour vos compliments. Ce n'est pas du courage que ça prend pour être travailleuse sociale, mais plutôt de la patience et du cœur.

Vous aussi, vous semblez débordant d'énergie. Je ne connais pas vraiment votre milieu et la publicité est un mystère pour moi. Mais ça doit être trippant d'être réalisateur. Est-ce indiscret de vous demander quel est le sujet de votre long-métrage? Je suis une fille curieuse. Est-ce que Cinéfilm accepte beaucoup de scénarios?

Actuellement, je suis un cours d'espagnol intensif car je prépare un voyage à Cuba. J'ai été sélectionnée par l'université où j'ai étudié pour aller conseiller des organismes communautaires de La Havane.

Je vais aller leur faire partager mon expérience et leur montrer que l'art peut être un moyen efficace de recentrer les jeunes en manque d'objectifs. C'est un gros voyage et ça me stresse mais, bon, j'ai plutôt l'habitude de dealer avec l'inattendu.

Est-ce que votre court-métrage sera présenté de nouveau?

Au fait, même si j'ai 32 ans, vous pouvez me dire «tu».

Flavie Valois

De : leclairdavid@yahoo.ca
Le mercredi 7 mai, 16 h 07
Objet : De stress et autres sujets

Non, malheureusement, le court-métrage ne devrait pas être présenté une autre fois, du moins pas à ce que je sache.

Cinéfilm ne finance que trois ou quatre films par année sur environ cinquante. Mon long-métrage raconte l'histoire d'un jeune de 18 ans qui devient rapidement le meilleur joueur de tennis du monde. Il est la nouvelle coqueluche des médias, il accumule les titres, mais finit par tomber dans les pièges du vedettariat. Sa dégringolade personnelle et professionnelle est encore plus fulgurante que son ascension. Mais tout change lorsqu'il rencontre son idole, par un hasard qui n'est pas un hasard.

C'est le fun, ce voyage d'affaires à Cuba. Décidément, vous... tu... es dans les ligues majeures du travail social! Je travaille présentement au clip d'une nouvelle chanteuse, que nous allons tourner à Québec la semaine prochaine. Je ne fais plus beaucoup de clips, mais la chanteuse a insisté pour que ce soit moi qui réalise le sien. C'est flatteur, alors j'ai accepté.

Si tu veux, à un moment donné, je pourrais t'inviter sur un plateau. Tu pourrais voir comment ça se passe.

Tu as l'air une fille le fun, Flavie. L'es-tu ou c'est juste une apparence?

David

✦

De: flavie.valois@sympatico.ca
Le jeudi 8 mai, 21 h 33
Objet: Trippant toi-même

Wow! C'est le fun, ton long-métrage. Avec une histoire pareille, tu es sûrement un amateur de cinéma américain. Est-ce que l'histoire finit bien?

Qui est cette nouvelle chanteuse au juste? Oui, j'aimerais bien assister à un tournage un jour. Tu me feras signe. Je pourrais même emmener quelques jeunes avec moi si ça ne te dérange pas. On se tiendrait tranquilles, promis. Je cherche toujours de nouvelles expériences à leur faire vivre. Il faut sans cesse se renouveler pour les stimuler.

J'ai eu une journée d'enfer, aujourd'hui. Je me suis comportée comme une intervenante débutante. Au FoulArt, on a une règle de base: on n'accepte pas les jeunes qui ont consommé. On les renvoie chez eux et ils reviennent lorsqu'ils sont sobres. Dans mon groupe, ce matin, j'ai remarqué qu'un jeune que j'aime bien avait pris quelque chose. J'ai fermé les yeux. Je le connais bien et je savais que s'il partait il irait traîner avec sa gang de rue. J'ai préféré l'avoir à l'œil. Mauvais move. Pendant la pause, il a agressé une jeune. Heureusement, on a pu intervenir à temps. La jeune fille était tout à l'envers. Dire que j'aurais pu éviter ça. Je m'en veux tellement. Et en plus, je me suis fait tomber dessus par les autres intervenants.

Je ne sais pas pourquoi je te raconte tout ça. C'est drôle cette correspondance, j'ai l'impression d'écrire à un vieux chum que j'aurais perdu de vue pendant un certain temps. Et en plus, on dirait que je peux te dire n'importe quoi car, au fond, je ne te connais même pas.

Flavie

◆

De : leclairdavid@yahoo.ca
Le vendredi 9 mai, 10 h 07
Objet : Ton vieux chum que tu ne connais pas

Ayoye! C'est rock'n'roll ton affaire! Moi, c'est ce milieu-là que je ne connais pas. Je crois que j'aurais de la difficulté à gérer des trucs comme ça. J'ai l'impression que l'option que tu as choisie vient de ton grand cœur. Mais il y a des moments dans la vie où il faut mettre son cœur de côté et n'agir qu'avec la raison. Crois-moi, j'en sais quelque chose.

Tu as enfreint ce que tu appelles toi-même la «règle de base» et, puisque tu as sûrement établi cette règle avec tes collaborateurs, alors c'est un peu normal qu'ils aient réagi comme ils l'ont fait. Mais chaque chose a ses bons côtés (une maxime qui me vient de ma mère): je crois qu'il n'y a plus un jeune qui va essayer de t'en passer une. Une agression? Quel type d'agression? Sexuelle? C'est heavy! Qu'est-ce que vous avez fait?

Quant à l'impression de parler à un vieux chum, c'est réciproque. Moi aussi, je trouve ça spécial, j'en ai même parlé à mon ami Phil, avec qui je travaille tout le temps. C'est mon acolyte (alcoolique) de toujours. Directeur photo de son état.

Si tu veux assister à un tournage, tu peux venir à Québec; on tourne mercredi et jeudi prochain. Pour ce qui est des jeunes, par contre, je ne suis pas sûr. Quand tu vas voir le nombre de personnes qu'il y a sur un plateau, tu vas comprendre. Mais tu peux venir avec un(e) ami(e) si tu veux. Ou ton copain. As-tu un copain?

David

◆

De: flavie.valois@sympatico.ca
Le samedi 10 mai, 17 h 08
Objet: Ton invitation

Tu as raison, pour mon incident, j'ai agi sous l'impulsion du moment. C'était une de ces journées où je me sens un peu vulnérable. J'ai manqué de fermeté, mais ça n'arrivera pas deux fois. C'était une agression à caractère sexuel. Le jeune a coincé la fille dans la salle de bain et a essayé de l'embrasser. Ensuite, il a tenté de la déshabiller, mais nous sommes arrivés à temps. Dans ces cas-là, nous avons un protocole d'intervention à suivre qui implique la police, les parents et la psychologue.

Moi aussi, j'ai parlé de notre correspondance avec ma grande chum Geneviève. Elle travaille également comme travailleuse sociale. Je lui ai fait lire l'article sur ton court-métrage. Elle aussi aurait voulu le voir.

Pour l'invitation, c'est gentil, mais c'est un peu loin, Québec. Une fille travaille! Je ne peux pas me libérer comme ça, surtout que, ces temps-ci, je baigne dans le jus, je n'ai pas une minute à moi. J'ai mes cours d'espagnol et je travaille souvent le soir. Le reste du temps, je lis sur Cuba.

Je veux me renseigner au maximum sur ce pays avant mon départ. J'ai hâte de connaître les Cubains, de les observer, pour savoir comment ils se débrouillent dans ce système communiste qui roule de plus en plus à deux vitesses. Tu vas peut-être trouver ça étrange, mais je n'ai jamais voyagé à l'extérieur du Canada. Je n'ai jamais pris un gros avion, j'ai seulement pris de petits Cessna pour aller à la pêche avec mon père et je suis montée à bord d'un hélicoptère à quelques reprises, mais c'est tout. Alors, ce voyage me fout un peu la trouille. Mais ça promet. Au fait, est-ce que tu es déjà allé à La Havane?

Flavie

✦

De : leclairdavid@yahoo.ca
Le dimanche 11 mai, 19 h 44
Objet : Cuba

Bonjour Flavie,

Non, je ne suis jamais allé à La Havane, je suis seulement allé dans un club à Cayo Coco il y a quelques années et j'aime autant ne pas me rappeler de ces vacances. J'ai été très malade et ma copine m'a laissé à ce moment-là, en plein voyage d'amoureux! Il m'a fallu des années pour digérer ça. Cuba a donc pour moi un goût très amer.

Je comprends, pour Québec. Je te fais signe dès que je tourne à Montréal.

Et... euh... comment dire? Notre petite correspondance me donne envie d'aller prendre un verre avec toi. Est-ce que ça te dirait? On pourrait tenter de répondre à la question : après quoi on court? D'ailleurs, je suis curieux : toi, tu cours après quoi?

De: flavie.valois@sympatico.ca
Le dimanche 11 mai, 20 h 08
Objet: Bonne question

Après quoi je cours? Premièrement, j'essaie de courir le moins possible. Mais, disons que ma vie pourrait ressembler à une quête d'authenticité. Je veux être intègre avec mes valeurs pour atteindre un certain équilibre. Je veux vivre le plus d'expériences significatives et ne pas avoir peur de prendre des risques. Je cherche le bonheur, comme tout le monde, j'imagine. Ouain, quelque chose comme ça.

Et toi, après quoi tu cours?

Flavie

◆

De: leclairdavid@yahoo.ca
Le lundi 12 mai, 23 h 44
Objet: Cool

Hello Flavie,

Ouain, c'est songé! C'est ça, le bonheur? Ça a l'air compliqué en esti! (Joke)

Je viens d'aller prendre quelques bières avec mes chums et je suis plus dans un état éthylique que philosophique.

Mais, pour donner ma définition, vite comme ça, je dirais que je fais tout pour réaliser mes rêves, le plus tôt possible, en faisant le moins de compromis. Pour essayer de m'élever au-dessus de la médiocrité ambiante. La médiocrité est un cancer, mais il existe des remèdes efficaces. *Never surrender,* chantait Corey Hart...

Je repensais à ton « je ne te connais pas vraiment », et je vais peut-être dire une énormité pseudo-ésotérique, mais quand connaît-on vraiment quelqu'un ? Je pense que, dans la vie, il faut mettre le pied sur l'accélérateur et faire les trucs qui nous tiennent à cœur avant qu'on soit trop vieux. Et ceux qui mettent plutôt les freins, ben, ils ne savent pas ce qu'ils manquent et c'est tant pis pour eux.

Et mon instinct me dit que c'est déjà une rencontre, toi et moi, et je pense que je suis très fataliste, et mon film préféré c'est *La Belle Histoire,* de Claude Lelouch, qui me fait encore beaucoup réfléchir. Et je te trouve ben cool, Flavie, et je crois que je suis plus soûl que je pensais. Et tu n'as pas répondu à mon invitation pour le verre...

◆

De : flavie.valois@sympatico.ca
Le mardi 13 mai, 8 h 07
Objet : L'invitation

Vraiment, tu as beaucoup de fougue et tu dois être très passionné. Tu sais, je trouve notre correspondance étrange mais stimulante. Quand j'arrive chez moi, le soir, je vais toujours voir si tu m'as écrit. J'ai l'impression d'avoir un ami imaginaire.

C'est vrai que je ne t'ai pas répondu. En fait, je suis un peu mal à l'aise et je ne sais pas trop ce que tu recherches, mais, oui, j'ai un copain. D'ailleurs, je ne suis pas certaine qu'il trouverait ça rigolo, notre petite correspondance. Une chance qu'il ne connaît pas mon mot de passe! Alors pour le verre, je ne suis pas convaincue qu'il apprécierait, tu comprends? Et toi, tu as sûrement une blonde, non?

Et puis, j'aime bien l'anonymat. Habituellement, une relation débute par une rencontre en chair et en os et, si on sent une chimie avec la personne, le reste va se développer tout seul. Mais nous, quand on s'écrit, on fait abstraction de tout ça et ce sont nos pensées qui se rencontrent. Le physique n'entre pas du tout en jeu. Ce moyen de communication fait fi de tout notre système de codes habituel. Ton «énormité» pseudo-ésotérique a du sens: on peut vivre à côté de bien des gens sans vraiment les connaître. C'est bien dommage, mais ça arrive tellement souvent. Je pense qu'on a tous une certaine capacité à jouer les imposteurs. En tout cas, moi je l'ai.

Et en plus, j'ai appris aujourd'hui que je partais pour Rimouski samedi matin. Je suis invitée à une table de concertation sur la délinquance.

C'est un truc qui a lieu une fois par année. Alors, en plus d'être en couple, je suis une fille super occupée.

En passant, lorsque tu te décris comme fataliste et affirmes que ton film préféré c'est *La Belle Histoire*, ça veut dire quoi au juste? Je n'ai pas vu ce film.

✦

De : leclairdavid@yahoo.ca
Le mardi 13 mai, 11 h 23
Objet : Le pseudo-ésotérique te répond

Allo,

Comme ça je parle à un imposteur?

Au sujet de *La Belle Histoire*, disons que j'ai été carrément envoûté par ce film. On voit les personnages évoluer à plusieurs époques. Ils se rencontrent, se reconnaissent, se quittent, et on les retrouve dans une autre vie avec toujours cette même attirance mystérieuse. Je dois avoir vu ce film cinq fois, même s'il dure trois heures!

Je suis fataliste parce que je suis convaincu que ce qui doit arriver dans la vie arrive, quoi que l'on fasse. Et je dirais même que les choses arrivent surtout lorsqu'on veut justement éviter qu'elles se produisent.

Je comprends, pour ton chum et tout, sans vouloir faire mon hypocrite, je vois quelque chose d'amical dans notre truc, sans plus. Juré. Mais c'est tellement intense que j'ai le goût qu'on se voie la binette. Et, non, je n'ai pas de blonde.

C'est vrai que notre correspondance a quelque chose d'étrange, qu'elle n'est pas très classique. C'est comme si ce qu'il y a entre nous avait déjà de l'importance dans ma vie. Et il me semble toujours qu'on devrait aller prendre un verre...

David

◆

De: flavie.valois@sympatico.ca
Le mercredi 14 mai, 22 h 44
Objet: Le verre de l'amitié

Salut David,

Oui, moi aussi je vois nos conversations comme un échange amical mais, des fois, les rencontres devant un verre peuvent prendre une autre tournure, et je ne jouerai pas à l'innocente avec toi. Ta vie semble trépidante, j'aime tes idées, ta drive, ta façon d'écrire. Ça clique beaucoup par écrit entre nous, imagine si ça clique autant physiquement!

Je n'ai pas envie de me mettre dans une situation compromettante. Je me suis déjà fait prendre à ce piège une fois et je ne tiens pas à recommencer. Je suis avec Laurent depuis trois ans, on est bien ensemble et j'ai envie d'être intègre par rapport à moi-même. Désolée.

◆

De : flavie.valois@sympatico.ca
Le jeudi 15 mai, 14 h 02
Objet : Effronté

Je n'en reviens pas ! T'as du guts ! À mon retour au boulot après le lunch, on me remet une enveloppe, je l'ouvre et qu'est-ce que je vois ? Un petit mot tout simple : Pour mademoiselle Valois de David Leclair.

Jacqueline, la réceptionniste, me dit que c'est un beau bonhomme qui vient juste de l'apporter et que je l'ai sûrement croisé dans l'escalier. Je me souviens vaguement d'avoir vu quelqu'un que je ne connaissais pas, avec un blouson en jeans et des lunettes fumées, mais Max et Isabelle me faisaient rire, alors je n'ai pas trop prêté attention.

J'aurais bien aimé te voir la fraise. C'est gentil d'être venu me porter une cassette de ton court-métrage. Petit ratoureux. Il n'y a pas de vidéo au FoulArt alors je vais la regarder ce soir avec un bon verre de blanc. Je t'en reparlerai la semaine prochaine à mon retour de Rimouski.

Une Flavie surprise

De: leclairdavid@yahoo.ca
Le jeudi 15 mai, 16 h 42
Objet: *Yes!*

Ouais, j'ai du guts, comme tu dis, mais on se sent tellement vivant quand on fait des choses comme ça. J'étais sur un méchant high quand je suis entré, tu ne peux pas savoir.

À la réception, il y avait une fille, mais lorsque j'ai prononcé ton nom, elle ne s'est pas retournée. Quand je suis sorti, j'ai croisé une fille avec des cheveux bruns et une petite blonde. Tu étais sûrement une des deux. Mais laquelle? Là est la question qui m'intrigue.

Je suis allé déposer mon projet de film chez Cinéfilm tout de suite après. Donc, une journée forte en émotions. Mais que ça fait du bien!

Bon visionnement et bon séjour à Rimouski,

David

◆

De: flavie.valois@sympatico.ca
Le jeudi 15 mai, 23 h 14
Objet: Bravo!

J'ai encore le motton. Ton film m'a beaucoup touchée. Quelle lucidité, quel humour! Je l'ai regardé deux fois avec Laurent, qui n'a pas été aussi emballé que moi. Trop intello à son goût.

J'adore le contraste des personnes que tu as choisies: la vieille dame de Westmount avec son basset, assise dans son jardin et qui dit, avec un geste de dépit: «La vie, c'est ça, c'est tout ce qu'il me reste. Mes souvenirs sont là, mais ils ne vivent plus, ma vie aujourd'hui, c'est... d'attendre la mort.» Ayoye!

Et le jeune écrivain de Saint-Henri, ce beau gars aux yeux tristes qui regarde la caméra et qui lance: «Ma blonde est partie, ma vie est pâle. Pour faire naufrage, on n'a besoin de personne, seulement de manquer de quelqu'un.» Et ensuite ta citation de ce philosophe (dont je ne me rappelle plus le nom) et qui dit quelque chose comme: «La force, nous devons la puiser en nous avant de puiser celle des autres, mais, dans l'amour, on oublie la nôtre pour puiser seulement celle de l'autre et c'est là le début du naufrage». Je suis plutôt d'accord avec ça.

Tu as une belle rage de vivre, j'espère qu'elle te suivra longtemps. Merci encore. Je devais absolument t'écrire ce soir et te féliciter. Tu as beaucoup de talent. Je ne suis pas du tout inquiète pour ton long-métrage. Quand auras-tu ta réponse de Cinéfilm?

Ah oui... la petite blonde, c'est Isabelle. Moi, je suis la brune. Déçu?

Flavie

De : leclairdavid@yahoo.ca
Le vendredi 16 mai, 9 h 34
Objet : Boosté au max !

Tu as regardé mon film avec ton copain ? ! ! Tu lui as parlé de moi ? De nous ? Je veux dire… de notre correspondance ? ! !

J'ai lu ton message seulement ce matin. Ça me touche que mon film t'ait plu autant. Je pense que je suis boosté pour au moins six mois ! Je vais transmettre tes félicitations à Phil, mon indéfectible ami et directeur photo. On dépose la deuxième version de mon projet de film en juillet. On devrait avoir une réponse début septembre.

Tu es très sensible, à fleur de peau. J'aime ta lucidité, ta vivacité d'esprit. Mon envie de te rencontrer n'a pas diminué en tout cas. Peut-être un jour, par hasard. Un hasard lelouchien… Parce que je trouve qu'on connecte. Du moins, virtuellement…

Alors, la brune aux yeux verts, c'était toi ? ! ! Wow ! Je suis sous le choc.

David

◆

De : flavie.valois@sympatico.ca
Le vendredi 16 mai, 22 h 41
Objet : Petit charmeur !

Tu tiens vraiment à ce qu'on se rencontre, hein ? Je n'ai pas vraiment le temps de t'écrire mais rassure-toi, Laurent n'est pas au courant de notre correspondance. Je t'expliquerai. Alors tu peux continuer à m'écrire.

Bon week-end,

Flavie

◆

De : leclairdavid@yahoo.ca
Le dimanche 18 mai, 12 h 45
Objet : Fiou !

Allo Flavie,

Ça me tentait de t'écrire même si tu n'es pas là. Hier soir, avec ma gang de malades, on a inauguré la terrasse que j'ai aménagée sur le toit de mon condo (illégale, parce que je n'ai pas demandé de permis).

Il y avait mes meilleurs chums (qu'il faudrait que tu rencontres à un moment donné) et quelques personnes avec qui je travaille et qui sont devenus des amis. Je leur ai parlé de notre truc. C'était drôle de voir les réactions. Certains disaient qu'il ne fallait pas qu'on se rencontre et d'autres, qu'il le fallait absolument. Mais tous s'entendaient pour dire que c'est vraiment trippant. Ça m'a, d'une certaine façon, soulagé. Je me suis dit : au moins, je ne suis pas dans le champ.

J'aimerais beaucoup qu'un jour tu viennes souper avec nous. Tu verrais comme on a du fun. C'est souvent le délire et mes amis ne sont vraiment pas gênants.

J'espère que tout se passe bien à Rimouski. Moi, je m'en vais à Québec mardi pour le tournage. On va peut-être se croiser sur la 20, par hasard...

À bientôt. En espérant toujours un éventuel verre en votre compagnie, mais je n'insiste plus.

David

◆

De: flavie.valois@sympatico.ca
Le mardi 20 mai, 17 h 43
Objet: Directement de Rimouski

Salut,

J'ai pris mes messages dans un café Internet. Et je constate qu'en plus d'être effronté tu es mémère! Mais je suis aussi grande trappe que toi: j'en ai parlé à Geneviève (qui trouve qu'on devrait se rencontrer) et à Max (le gars avec qui je suis à Rimouski) qui trouve que le chatting, c'est complètement nul. Je dois t'avouer que moi aussi j'ai toujours trouvé ça ridicule, les gens qui faisaient des rencontres sur le Net. Et voilà que moi-même je le fais. Hum... Assez pathétique. Mais au fond, je ne vois pas ça comme du chatting, mais plutôt comme un concours de circonstances. Et chatting veut dire cruise, ce qui n'est pas le cas ici.

Non, Laurent n'est pas encore au courant de cette correspondance. Il est assez jaloux et pour lui l'amitié homme-femme, c'est impossible. Une chance que mon collègue et très bon ami Max est gay, sinon Laurent trouverait notre relation difficile à vivre. Pour ton court-métrage, je lui ai dit qu'une intervenante où je travaille connaît le producteur et qu'il lui avait prêté une copie.

Mon chum est pilote d'hélicoptère pour la SQ, alors il est souvent absent. Il a des horaires irréguliers et part souvent pour quelques jours. J'ai voulu lui glisser un mot, au début, au sujet de nos deux projets car je trouvais la coïncidence trop surprenante. Mais il était absent et depuis son retour je n'ose pas. Je ne suis pas du tout convaincue qu'il comprendrait.

Ici, à Rimouski, tout se passe très vite. On a eu des ateliers sur la délinquance, la crimino et la toxico durant tout le week-end. Le soir, on va prendre une bière au bar de l'hôtel (en fait ça ressemble plutôt à une taverne).

Hier et aujourd'hui, nous avons travaillé le volet «expérience», c'est-à-dire que nous avons écouté les témoignages de différents intervenants. Dans le lot, il y en a une qui m'a particulièrement émue. Pendant trois ans, elle a suivi et filmé des jeunes sans-abri. Un petit bijou de documentaire.

Elle les a fait parler de leur enfance, de leurs rêves… J'ai été bouleversée. C'est le genre de film que tu veux voir toute seule chez toi pour pouvoir pleurer.

Je trouve ça très difficile de voir ces jeunes si amochés. Ils ont une telle rage de vivre, ça vient te chercher. Ils lancent un appel à la vie, à l'amour. Au fond, ce qu'ils veulent est tout simple : un peu d'amour, un peu d'estime, afin de pouvoir aimer à leur tour. Et ils ne sont pas très différents de nous : eux aussi, ils ont des rêves, des projets, comme celui de fonder une famille. Et ils sont dangereusement lucides.

Le documentaire a créé un tel remous qu'il a été présenté une seconde fois, à un groupe de jeunes en difficulté. Après le visionnement, deux sont partis en pleurant. Ils ont craqué devant ce miroir de leur vie rafistolée. J'aurais voulu les serrer dans mes bras pour apaiser leur peine. Depuis que je suis arrivée ici, j'ai une boule dans la gorge et je suis souvent au bord des larmes. Mais j'apprends beaucoup.

Je suis assez dramatique, tu dois capoter ! Mais, au fond, je m'en fous, car c'est moi et je suis comme je suis. En tout cas, je sens que ce voyage à Rimouski a changé quelque chose en moi. Quoi exactement, je ne sais pas...

À l'heure qu'il est tu dois être à Québec. J'espère que ton tournage se passe bien.

Flavie

De : leclairdavid@yahoo.ca
Le mercredi 21 mai, 23 h 56
Objet : Directement de Québec

Allo Flavie,

Tu me fais vivre beaucoup d'émotions. Je trouve touchant que tu prennes le temps de me raconter tout ça. Ça me rentre dedans pas à peu près. Et puis non, je ne capote pas et je ne te trouve pas dramatique. Je pense que, toi et moi, on peut se comprendre. Moi, c'est toi que j'aurais envie de prendre dans mes bras.

Ce qui est assez flyé, c'est que même si je suis dans un feu roulant, ici, je prends le temps de t'écrire. Il faut dire que notre correspondance me donne de l'énergie et que mon cœur, il bat très, très fort. C'est peut-être bizarre, mais j'ai envie d'être là pour toi. C'est con, hein ? Tu vas sans doute dire que je délire.

Je me considère tellement chanceux et privilégié d'avoir des rêves à revendre et de pouvoir même en transformer quelques-uns en projets.

Ça peut paraître étonnant mais je me sens proche de toi même si on vit des choses très différentes. On a tourné douze heures d'affilée avec une pause de trente minutes. Je reviens d'aller souper avec l'équipe sur la terrasse du Capitole. Il faisait beau, les gens étaient de bonne humeur, c'était cool.

Ça s'est bien passé même si je m'en étais mis pas mal sur les épaules. Je me disais que, tant qu'à refaire un clip, aussi bien en mettre plein la vue, alors c'était très complexe sur le plan technique. Je suis passé à quelques cheveux de me péter la gueule. En même temps, j'en profite pour essayer des trucs techniques dont je vais me servir pour mon long-métrage. J'ai exigé beaucoup de Phil et on n'avait pas assez de budget (c'est ça, le clip), alors il m'en voulait un peu.

Mais je trippe sur Québec. Quelle ville magnifique! J'ai demandé à Jacques, mon producteur, qu'on aille faire le tour de l'île d'Orléans, jeudi matin, avant de rentrer à Montréal. J'adore cet endroit. Et en plus, on a une décapotable, alors je vais me faire conduire et en prendre plein les yeux. J'aimerais habiter là un jour. Le ciel, le fleuve qui s'élargit, les gros paquebots qui passent dans la cour... J'aime aussi le mini Golden Gate pour se rendre sur l'île, je trouve ça romantique.

À bientôt.

◆

De: flavie.valois@sympatico.ca
Le jeudi 22 mai, 18 h 54
Objet: 1 à 0

Salut David,

Tu me fais rêver avec tes histoires de décapotable et de mini Golden Gate. Il y a deux ans, je suis allée avec Laurent faire le tour de l'île en vélo. Magnifique! As-tu visité le bout est de l'île, là où il y a un sanctuaire d'oies? Ça doit être en plein le temps de les voir durant leur voyage vers le nord.

Ça m'a fait du bien de te raconter mes histoires de Rimouski. J'aime ton ouverture d'esprit et ta sensibilité. Je ne parle pas souvent de mon travail, j'ai toujours peur d'emmerder les gens. Et puis Laurent est pas mal immunisé contre mes états d'âme.

Cher inconnu, vous commencez à prendre un peu trop de place dans mon quotidien. Je reconsidère votre invitation à prendre un verre. Ce matin, je me disais que c'était mieux qu'on ne se voie pas et, maintenant, je pense le contraire.

Lorsqu'on s'écrit, on fait des choix. Tu ne sais pas si je suis fatiguée, si j'ai le goût de rire ou si je viens d'effacer trois fois une phrase avant de repartir sur une autre tangente. Si on se voit, je n'écrirai plus aussi aisément. Maintenant, ce n'est pas dangereux, même si je sens que je suis sur un terrain glissant. D'un autre côté, le seul moyen d'assouvir ma curiosité, c'est de te voir la binette, de voir si tu dégages la même énergie que dans tes messages. Au fond, le seul vrai danger est le désir que je crée. Au fait, tu as l'air de quoi?

O.K., tu as gagné, on ne devrait pas passer à côté de ça. Alors, on se voit? Quand? Je ne peux pas croire que je viens d'écrire ça! De la pure folie. Je pars à Cuba lundi prochain, pour trois semaines. Alors, on peut se rencontrer soit demain soir après 21 h, car j'ai mon cours d'espagnol (et Laurent travaille), soit à mon retour de voyage.

Flavie

◆

De : leclairdavid@yahoo.ca
Le vendredi 23 mai, 9 h 43
Objet : Hip, hip, hip !

All right! Je suis en montage, mais à 21 h c'est sûr que j'aurai fini. Je suis vraiment content, mais, en même temps, un peu nerveux. Où veux-tu qu'on aille?

Il y en a qui disent que je ressemble à l'acteur Steven Seagal, mais en beaucoup moins musclé, je tiens à t'avertir tout de suite. En passant, je n'ai pas vu ton repaire d'oies.

À+

David

◆

De : flavie.valois@sympatico.ca
Le vendredi 23 mai, 10 h 08
Objet : Premier rendez-vous

Salut David,

Ayoye! C'est ce soir. Bon, du calme… on respire par le nez.

21 h 15 au Zest, ça te va? C'est un petit bar sympathique où on présente des spectacles des «Francouvertes», sur Ontario, près du marché Maisonneuve. J'habite dans ce coin-là. Est-ce que ça te va? Je surveillerai un Seagal atrophié.

À ce soir,

Flavie

✦

De : leclairdavid@yahoo.ca
Le vendredi 23 mai, 10 h 15
Objet : Premier rendez-vous (prise 2)

Salut,

Pas musclé, mais pas atrophié non plus, quand même! 21 h 15 au Zest, c'est parfait.

Moi non plus je n'y crois pas. C'est comme de la fiction. Et j'ai peur qu'après tu ne m'écrives plus de la même façon… en tout cas avec autant de liberté. Je n'ai pas envie de perdre ça. Esti que ça va vite, esti que c'est rock'n'roll, mais, en même temps, esti que c'est ça, la vie !

À tantôt.

✦

De: flavie.valois@sympatico.ca
Le vendredi 23 mai, 11 h 57
Objet: Échanges musclés

Salut,

Tu me fais rire avec tes craintes de musclé/atrophié. De toute façon, j'ai l'impression que je vais te reconnaître. Sinon, à toi de jouer : je n'ai pas trop changé depuis qu'on s'est croisés au FoulArt…

Tu as raison, je ne sais pas si je vais pouvoir t'écrire de la même façon après notre rencontre ou même continuer à t'écrire point… Mais, n'est-ce pas ton idée qu'on se voie ? Tu devras vivre avec les conséquences…

À+

Flavie

✦ ✦ ✦

De : leclairdavid@yahoo.ca
Le samedi 24 mai, 3 h 57
Objet : Le Big Bang

Il est presque quatre heures du matin. Ayoye ! Je suis submergé par l'émotion. Tu m'as littéralement transporté. Ailleurs. Je me souviens qu'il y avait un groupe qui jouait, mais je ne l'ai pas entendu de la soirée. J'étais sur la planète Flavie. Je voyais seulement tes magnifiques yeux verts. Quel charme tu as!

Quand je t'ai vue arriver avec ton kayak sur le toit de ton auto, je me suis dit: c'est un film. Tu es une boule d'énergie. Et cette façon que tu as d'être au-dessus des choses pas importantes. Mais quand tu te mets à parler de ton travail, tu es tellement intense, tu prends ça à cœur, c'est pas croyable.

Tu correspond à la fille que je m'étais imaginée. J'ai passé une soirée super. Merci pour les cent cinquante bières, les sourires, les confidences. Merci aussi d'avoir laissé tomber le masque après cinq minutes. Tu es une fille sublime, extraordinairement belle, tu pourrais être une actrice, je vais t'avoir à l'œil!

C'est drôle, c'est la première fois que je parlais de mon père depuis qu'il est mort. Je me suis vraiment confié… Et j'ai réalisé, en te parlant, toute l'importance qu'a Jacques, mon producteur, dans ma vie. Peut-être que je ne voulais pas me l'admettre, mais je crois que tu as raison, il a un peu remplacé mon père. Je n'ai pas eu de présence masculine à l'adolescence et donc pas de modèles. Jacques m'a mis sur la mappe, il m'a fait confiance, et maintenant il m'épaule dans le plus important projet de ma vie. J'étais assez ému en parlant de ça hier soir, t'as dû freaker un peu…

Et je sais bien que tu m'avais dit, au milieu de la soirée, que tu ne voulais pas qu'on s'embrasse mais, à côté de ton auto, je n'ai pas pu m'empêcher de plaquer mes lèvres sur les tiennes. Et j'ai bien fait! C'était magique, le monde n'existait plus, j'aurais voulu que tout s'arrête là.

Mais j'espère qu'on ne s'arrêtera pas là.

◆

De : leclairdavid@yahoo.ca
Le dimanche 25 mai, 10 h 25
Objet : Allo ?

Allo Flavie,

Je n'ai pas de nouvelles de toi. Qu'est-ce qui se passe ? Et tu pars demain. J'espère que tu vas m'écrire ou m'appeler avant de partir. Disons que ce n'est pas facile de vivre avec ce silence.

J'ai appelé mon chum Phil, il m'a dit de respirer par le nez. J'essaye, mais en vain.

◆

De : flavie.valois@sympatico.ca
Le dimanche 25 mai, 11 h 43
Objet : Le choc

David,

Je suis émue. J'ai moi aussi passé une soirée fantastique. Je te revois à la table près de la fenêtre lorsque tu t'es levé d'un bond pour me saluer. Tu avais l'air super nerveux. Et moi qui ai tendu la main comme si je venais pour une entrevue! Je me suis sentie franchement ridicule en voyant ton expression perplexe. Dure entrée en matière… Heureusement, ça n'a pas duré.

J'adore ta sensibilité, ta fantaisie. J'adore la façon dont tu parles du cinéma, ou lorsque ton épaule sursaute à cause d'une montée d'émotion.

Pour te dire franchement, je ne m'attendais pas à ça. Pas du tout. Je ne t'imaginais pas allumé à ce point. Je ne te l'avais pas dit, mais Seagal ce n'est pas mon genre. Et à mon avis tu ne lui ressembles absolument pas. Tu es pas mal beau avec tes grands yeux bleus, ta bouche expressive et ton grand corps svelte et… légèrement musclé.

Tu as l'air de savoir exactement où tu t'en vas dans la vie. Tu m'as donné le goût d'assister aux soupers de ta gang de malades, comme tu dis.

C'est con, mais je me faisais une image du réalisateur un peu snob. J'étais dans le champ. Je t'ai trouvé très sensible, très humain. Et non, je n'ai pas freaké lorsque tu as parlé de ton père, au contraire. Je trouve ça attachant, un gars qui s'ouvre. Pour moi, ça dénote une force intérieure.

Cette nuit, quand je suis entrée dans mon auto, je flottais. Ce matin, je me disais : je pense qu'on pourrait être amis. Je le croyais vraiment. Et après, j'ai repensé au moment où on se donnait deux becs et que nos lèvres se sont croisées. Oui, c'était magique. Pas dans mes plans, mais magique.

Mais je me sens cheap vis-à-vis de Laurent. Ça fait deux ans qu'on habite ensemble et, l'année dernière, je l'ai trompé. C'était une histoire d'un soir avec un ami de Geneviève. J'ai eu de gros, gros remords. Je n'aurais peut-être pas dû, mais je lui ai tout avoué. J'ai essayé de lui expliquer que ça ne voulait rien dire, mais il a très mal pris ça. On a passé à travers la tempête, mais cela a brisé quelque chose dans notre couple. Quand ça va mal, cette histoire me retombe toujours sur le nez.

En plus, samedi matin, au déjeuner, il était distant, ce qui ne lui ressemble pas du tout. Pourtant, c'est impossible qu'il se doute de quelque chose. Je lui ai dit que j'allais prendre un verre avec les étudiants de mon cours d'espagnol, ce qui était très crédible. Je pense que Laurent n'aime pas trop que je parte trois semaines, il est du genre possessif.

Fuck! Je dois te laisser, Maya jappe, c'est Laurent qui arrive.

✦

De: flavie.valois@sympatico.ca
Le dimanche 25 mai, 13 h 23
Objet: Le post-choc

Salut David,

Excuse-moi de t'avoir flushé si brusquement tout à l'heure. J'ai juste deux petites minutes, il faut que je fasse mes valises.

David, je ne sais pas trop quoi te dire. C'est comme si je vivais la vie de quelqu'un d'autre.

J'aime bien ce feeling. J'ai l'image de ton visage dans ma tête, elle doit me revenir au moins dix fois par jour. Mais, d'un autre côté, je suis heureuse de partir pour Cuba demain. Ça va me faire du bien. Est-ce que je t'ai dit qu'un jeune du FoulArt m'accompagne?

Au cours des derniers mois, j'ai évalué les jeunes et j'ai choisi le plus méritant. Il s'appelle Rico et n'a jamais mis les pieds hors de Montréal, et n'a donc jamais pris l'avion. Inutile de te dire qu'il ne tient plus en place.

Je ne crois pas pouvoir t'écrire de là-bas. Il paraît que l'accès à Internet est compliqué et réservé aux étudiants et aux journalistes. J'essayerai mais je ne te promets rien.

Je m'en vais demain soir et je reviens le 19 juin. Prends soin de toi.

À bientôt,

Flavie

◆

De : leclairdavid@yahoo.ca
Le dimanche 25 mai, 20 h 37
Objet : Post post-choc

Allo Flavie,

Ça me bouleverse que tu partes. C'est comme si quelqu'un avait coulé du ciment dans mon ventre. Pourtant, en même temps, je me sens super léger. Ça n'a aucun bon sens. Je ne sais pas comment je vais faire pendant trois semaines. En fait, j'aime mieux ne pas y penser.

Pour ce qui est de tes inquiétudes, laisse-moi partager avec toi une citation de Cioran, mon philosophe préféré, qui est affichée sur mon frigo : « Le monde n'est pas, il se crée chaque fois que le frisson d'un commencement tisonne la braise de notre âme. »

À ce commencement qui j'espère se poursuivra.

Bon voyage, chère Flavie Valois.

David

◆

De : flavie.valois@sympatico.ca
Le lundi 26 mai, 9 h 24
Objet : Bonjour

Je me lève, il fait chaud dehors, la lumière est superbe, elle envahit le parc en face de chez moi. J'écoute un CD de Buena Vista Social Club, question de me mettre dans l'ambiance. J'ai hâte de partir mais j'ai aussi très hâte de revenir... pour te revoir.

J'adore ton dernier message. Quelle belle pensée de Cioran. Moi, je ne sens pas ce ciment dans mon ventre, mais la légèreté, oui.

Je pars avec ton sourire, tes yeux, ta voix et ton intensité dans mes bagages.

Bye.

Flavie

◆

De : leclairdavid@yahoo.ca
Le mardi 27 mai, 15 h 45
Objet : Sans toi

Première journée que tu n'es pas à Montréal et, c'est con, mais on dirait que ça paraît. C'est gris pour la première fois depuis longtemps. J'ai regardé Météo-Média : pas de problème de grisaille où tu te trouves.

C'est pas mal tranquille ici, je pourrais presque aller te rejoindre à Cuba ! Ça calmerait peut-être mon anxiété. Depuis qu'on s'est vus, il y a eu des changements physiologiques dans mon corps. On dirait que tu as mis une drogue dans ma bière : mon cœur bat plus vite, je sens une pression sur ma poitrine, j'ai toujours du ciment à la place du sang. Est-ce que je serais en train de tomber en amour ?

Je vais me planifier des soupers en série pour me changer les idées. Souhaitons que ça marche. J'espère que tu vas pouvoir m'envoyer un courriel de là-bas.

À+

De : leclairdavid@yahoo.ca
Le mercredi 4 juin, 11 h 16
Objet : Une semaine déjà

Allo Flavie,

Si je comprends bien, tu n'as pas réussi à entrer en contact avec *Big Brother* Internet.

C'est fou, je n'arrête pas de penser à toi. Je t'ai vue seulement une fois, alors, pour me rappeler ton visage, ton odeur, il faut que je me concentre, mais cette présence dans mon ventre, dans ma tête, dans mon cœur, ça ne trompe pas. Je pense que j'aime Flavie Valois.

Je suis dans une passe assez party animal ces temps-ci. Mes chums sont disponibles (tant mieux), on écume les bars, on parle de nos prochains projets et on refait le monde presque chaque soir. Tu vas trouver qu'il a beaucoup changé, à ton retour !

J'ai hâte qu'on se revoie, qu'on aille prendre un verre ou souper ensemble, n'importe quoi.

Je sens que j'écris dans le vide mais je te le dis quand même (ça me fait du bien) : je m'ennuie de toi.

J'ai une autre citation pour toi que j'ai déjà lue quelque part : « Seul l'amour existe. Si l'amitié est vraie c'est qu'elle est amour. » Rien pour arranger les choses, hein ?

David

De : leclairdavid@yahoo.ca
Le mardi 10 juin, 18 h 45
Objet : Une drôle de relation

Je ne sais même pas si tu existes encore. Mes amis me demandent si je n'ai pas inventé tout ça. Des fois, je me le demande moi-même...

C'est assez capoté : d'un côté, il y a une fille qui s'est volatilisée, une relation virtuelle — à sens unique par surcroît — et de l'autre, mes sentiments pour toi, bien réels, eux. J'ai l'impression d'être dans de véritables montagnes russes. Des fois, je suis down comme c'est pas possible et d'autres fois, quand je pense à toi, ça me donne un high hallucinant.

En espérant que vous allez mieux que jamais, mademoiselle Valois.

David

◆

De : leclairdavid@yahoo.ca
Le dimanche 15 juin, 20 h 38
Objet : Touché

Entendue par hasard, *La Quête* de Jacques Brel, qui m'a touché droit au cœur :

« Rêver un impossible rêve
Porter le chagrin des départs
Brûler d'une possible fièvre
Partir où personne ne part

Aimer jusqu'à la déchirure
Aimer, même trop, même mal,
Tenter, sans force et sans armure,
D'atteindre l'inaccessible étoile
Telle est ma quête,
Suivre l'étoile
Peu m'importent mes chances
Peu m'importe le temps
Ou ma désespérance
Et puis lutter toujours
Sans question ni repos
Se damner
Pour l'or d'un mot d'amour
Je ne sais si je serai ce héros
Mais mon cœur serait tranquille
Et les villes s'éclabousseraient de bleu
Parce qu'un malheureux
Brûle encore, bien qu'ayant tout brûlé
Brûle encore, même trop, même mal
Pour atteindre à s'en écarteler
Pour atteindre l'inaccessible étoile. »

Esti que c'est puissant! La grandeur, la souffrance, c'est un texte immense qui me fait vibrer au maximum. C'est ça, pour moi, l'amour absolu.

◆

De : leclairdavid@yahoo.ca
Le jeudi 19 juin, 23 h 22
Objet : Un dernier message

Un message de bienvenue, mademoiselle Valois. Je ne pouvais pas m'en empêcher… Juste pour vous dire combien vous avez manqué à Montréal.

Comment les arbres du mont Royal se sont ennuyés de vos promenades à vélo. Comment dans les cafés, il manquait cette douce odeur sucrée qu'on ne retrouve que dans votre cou. Comment dans les bars, il manquait le plus beau sourire du monde. Je ne savais pas qu'une absence pouvait faire si mal dans le ventre. Qu'on pouvait manquer de quelqu'un à ce point. Et que mes bras n'ont jamais été si ouverts pour vous accueillir.

◆

De : flavie.valois@sympatico.ca
Le vendredi 20 juin, 9 h 11
Objet : Ma quête

Bonjour David,

Je suis revenue hier soir. Le soleil plombe dans l'appartement. Je t'écrirais toute la journée pour qu'on soit ensemble. Brel chante en ton honneur.

Quel beau message de bienvenue. J'ai ri, j'ai pleuré, j'ai valsé, mon cœur a craqué, mes doigts courent sur le clavier. Des millions de choses à te dire, des millions de fois où j'ai pensé à toi.

Ce matin est un moment délicieux que j'ai attendu et que je savoure de tout mon être. David, j'ai fait un voyage extraordinaire, riche en aventures, en émotions, en rencontres. J'ai adoré. Un monde qui est déjà derrière moi, mais qui demeure en moi. J'ai écrit comme jamais auparavant. Mon carnet de voyage est plein à craquer.

Pendant trois semaines, Rico et moi avons visité différents centres pour jeunes. Il y a un manque criant d'argent, d'organisation, mais pas de bonne volonté. Mon cerveau s'est mis en mode espagnol (assez essoufflant, merci) : recherche continuelle de verbes, de mots et d'expressions. De plus, je devais tout traduire pour Rico. Je rêvais même en espagnol, imagine ! Nous étions logés dans une superbe maison coloniale à La Havane avec, comme hôtes, un couple de retraités, Helena et Jaime. De charmantes personnes. On faisait partie de la famille.

La dernière semaine, nous avons voyagé aux alentours de La Havane. Martha, la responsable de notre séjour, nous a emmenés voir des plantations de tabac et de canne à sucre. Fabuleux ! Nous avons passé une soirée inoubliable avec Alejandro, le proprio d'une plantation. Avec sa famille, nous avons bu quelques bouteilles de rhum brun assis bien confortablement dans sa cour parmi les poules en liberté. Plutôt dépaysant.

Nous avons aussi profité de la mer. Rico ne l'avait jamais vue. Moment très touchant : il est resté silencieux pendant une quinzaine de minutes, les yeux pleins d'eau. Ce voyage lui a fait du bien. Ah, si j'avais pu emmener tous les jeunes du FoulArt...

C'est fou, et probablement insensé, mais tu m'as beaucoup manqué. Je ne sais pas où je vais avec toi, mais c'est une maudite belle ride. C'est drôle ce que je ressens : un mélange d'amour amoureux et d'amitié universelle que je ne peux partager qu'avec toi. C'est trop fort.

Rassure tes chums, tu n'as ni rêvé ni inventé tout ça. Je ne suis pas le fruit d'une mystérieuse hallucination. Je suis bel et bien là et j'ai hâte de te voir.

Lorsque je suis arrivée à l'aéroport de Mirabel, je m'imaginais que tu m'attendais derrière les grandes portes des douanes. C'est Laurent qui m'a accueillie à la place. Mais j'étais aussi très contente de le revoir.

Je repars demain en week-end de kayak avec Laurent et ma gang d'amis, dont Geneviève. J'aurais aimé souffler un peu à Montréal, mais tout était déjà organisé. J'ai hâte de te revoir. On se reparle à mon retour?

Bisous,

Flavie

◆

De : leclairdavid@yahoo.ca
Le samedi 21 juin, 8 h 32
Objet : Enfin, mets-en !

Elle revient et elle repart aussitôt. Elle se volatilise tout le temps. Oiseau insaisissable, animal qu'on ne peut traquer.

Je viens de lire ton courriel. J'ai hâte de te voir, on a tellement de choses à se raconter.

Pis, avec ton chum, comment ça se passe? (Je pense que je suis un peu jaloux, voilà, je l'ai dit, on n'en parle plus.)

Bye

◆

De: flavie.valois@sympatico.ca
Le dimanche 22 juin, 22 h 45
Objet: Un break s.v.p.

Salut David,

Quel week-end! Nous avons descendu la rivière Rouge, dans le Nord. Étonnamment, il y avait beaucoup d'eau pour la saison. La rivière était déchaînée. Et nous aussi. Deux jours de camping et de feux de camp à chanter et à fumer du pot. Rien à voir avec Cuba. J'ai vraiment décroché. As-tu déjà fait du kayak en eaux vives?

Et toi, qu'as-tu fait ce week-end? Te connaissant, tu as sûrement trouvé un prétexte pour faire la fête avec tes amis ou avec une jolie demoiselle...

Ça va être plus difficile de nous parler ces jours-ci car mon chum est souvent à la maison. Avec sa job, il peut travailler sept jours en ligne et après c'est le calme plat pour cinq jours. Et là, comme il avait accumulé beaucoup d'heures, il est en congé pour trois semaines. Ça va faire du bien, car j'ai l'impression qu'on s'est éloignés l'un de l'autre depuis un certain temps.

Ce week-end, j'avais un urgent besoin de me confier. Je suis allée faire une longue marche dans le bois avec Gen et je lui ai tout raconté à propos de nous. Elle connaissait le début de l'histoire, mais je n'avais pas eu le temps de lui raconter la suite à cause de mon voyage à Cuba. Elle est carrément tombée sur le cul. Elle trouve ça très beau comme histoire. Elle m'a dit qu'elle aimerait bien être à ma place. Il faut que tu comprennes que Gen est célibataire et ne rencontre que quelques twits qu'elle prend comme amants pour une baise (ou deux, si c'est vraiment bon). Elle cherche activement l'âme sœur. J'aimerais bien te la présenter, je suis certaine que ça cliquerait entre vous. Amicalement, je veux dire.

D'ailleurs, elle pense que, dans notre cas, on devrait en rester au stade amical car, selon elle, lorsque deux personnes baisent, c'est le début du déclin. Elle a peut-être raison... C'est vrai qu'après avoir fait l'amour il y a quelque chose qui se transforme, l'histoire prend une autre tournure. Un autre chapitre commence, qui peut être très beau mais qui est souvent moins durable qu'une amitié.

Tu sais, David, j'ai pensé à nous toute la journée, dans mon auto, en kayak, en portage, chez moi, enfin partout, et je souhaite de tout mon cœur que nous trouvions la force de transformer l'énergie que nous partageons en une amitié magnifique. Une amitié qui enrichirait nos vies et nous stimulerait pour réaliser nos rêves. J'espère que nous aurons la force de ne pas craquer physiquement. Ça va nous demander un certain effort, mais (comme tu me l'as déjà dit) c'est précieux, nous deux.

Comme ça, tu es déjà jaloux? Mais ça n'a aucun bon sens, on ne s'est vus qu'une seule fois! Elle devient dangereuse, notre affaire. À partir de l'instant où on pense à quelqu'un d'autre comme je le fais avec toi, c'est déjà pas correct. Je commence à me sentir très mal à l'aise, malhonnête même, envers Laurent. En plus, nous voulons un enfant d'ici deux ans. Je suis bien avec lui. Je l'aime... Peut-on aimer deux hommes à la fois?

Si ma vie devait prendre une autre tournure, je veux que les choses se passent correctement. Je tiens à me sentir intègre. Pour l'instant, je ne suis pas rendue là. Peut-être que les choses n'en viendront jamais là, je ne sais pas... Et je ne veux pas penser à ça.

J'espère que tu ne fais pas une tête d'enterrement, je veux que notre relation soit cool, à notre image...

Bonne nuit, David.

De : leclairdavid@yahoo.ca
Le lundi 23 juin, 8 h 07
Objet : Amitié ?

Une tête d'enterrement, moi ? Parce que la femme la plus extraordinaire de la planète et moi vivons quelque chose d'intense ? Je dois cependant avouer que ton courriel me fait un peu l'effet d'une douche froide.

Oui, je suis déjà jaloux, mais j'ai dit qu'on n'en parlait plus, parce que ce sentiment me met mal à l'aise. La nuit passée, je ne dormais pas (*no wonder*) et je lisais du Bobin (encore). Je suis tombé là-dessus : « Encore aujourd'hui, je ne sais pas ce qui me brise le plus : le chagrin de ses départs, la joie de ses retours. Quand elle part, je mets des mois à rassembler mes pensées autour de ce vide, à tempérer les battements de mon cœur dans le noir. Quand elle revient, c'est pour ruiner ce frêle équilibre auquel j'étais — si laborieusement — parvenu. »

En fait, je suis loin de l'équilibre. Et je pense que je ne serai jamais zen. Surtout après ton dernier message. Dois-je comprendre que tu envisages l'hypothèse qu'on ne se voie plus ? Je ne peux pas imaginer un scénario pareil, même moi, un réalisateur. Il faut embrasser la vie, Flavie, tu ne peux pas dire non à nous deux : c'est inimaginable. Il me semble que tu n'es pas le genre à mettre un terme à une belle histoire comme ça, à tourner le dos à des sentiments pareils.

J'ai l'impression que tu es très mêlée. Il faut respirer par le nez. Ce n'est pas tout noir ou tout blanc, il y a toute une palette de couleurs entre les deux. Allons prendre un verre, relaxe, et tu me raconteras ton voyage. Ne serait-ce que pour décompresser un peu, ne serait-ce que pour nous ramener un peu sur terre. C'est trop bizarre, comme relation : vivre tant d'émotions alors qu'on s'est vus juste une fois. Quand j'essaye d'analyser ça rationnellement, je n'en reviens même pas. On est des grandes personnes, on devrait être capables de gérer ça.

Et non, je n'ai pas passé un très beau week-end. J'ai fait les cent pas dans mon condo. Une chance que Phil est venu. On dirait qu'il y a deux soleils depuis que tu es revenue. Toi et l'autre. Les deux brûlent. Et deux soleils, ça accentue les ombres.

Et encore non, je n'ai jamais fait de kayak en eaux vives et ça ne se produira sûrement pas dans cette vie-ci ! Te me payerais très cher pour embarquer dans un tel truc.

Appelle-moi ou écris-moi n'importe quand. Je suis libre. Comme l'air que je ne respire pas par le nez.

David

De : flavie.valois@sympatico.ca
Le lundi 23 juin, 22 h 05
Objet : Indomptable

David, David, David, tu es vraiment quelque chose !

Excuse-moi si j'ai été bête tantôt mais j'étais à des années-lumière de me douter que tu viendrais me voir au FoulArt. Je me suis sentie très inconfortable. Tu m'as mise dans une drôle de position devant mes collègues, je ne savais pas trop comment te présenter, tu comprends ?

J'aurais voulu rester avec toi plus longtemps mais c'était impossible, je devais absolument assister à cette réunion. On est en pleine recherche de financement. On cherche des idées pour réunir des fonds, les subventions ne suffisant plus.

Merci pour le roman d'Yves Simon. Je ne connais pas cet auteur, mais j'ai hâte de le découvrir.

Je relis ton dernier courriel et je souris. Tu peux être tellement dramatique. C'est vrai que je suis mêlée mais justement, j'essaye de respirer par le nez et de ne pas perdre la boule.

C'est bizarre, car nous ne nous sommes vus que deux fois. Et je suis là, tu es là... Je ne comprends pas, ça me dépasse. Il faut que je reste « groundée » si je veux pouvoir continuer à fonctionner normalement. On dirait que tu me transformes en amnésique. Lorsqu'on correspond, j'oublie mon passé, je m'invente une nouvelle vie.

Voilà Maya qui se tortille contre ma chaise. Elle doit être jalouse de l'ordi. Elle veut absolument aller se promener, c'est son heure. Laurent me trouve de plus en plus étrange. Il me pose beaucoup de questions. Il dit que je suis loin, inaccessible. Hier, j'ai refusé de faire l'amour avec lui. J'avais la tête ailleurs…

C'est évident que c'est toi qui m'as changée. Mais mon voyage à Cuba également. J'ai vraiment repoussé mes limites. Je me sens plus forte, plus indépendante. Lorsque ça fait longtemps que tu vis en couple, tu peux facilement t'oublier. Au lieu d'avoir uniquement un regard intime sur un paquet de trucs qui sont dans ta vie, tu en as deux. Et ce deuxième regard devient très important, il fait partie de toi, de ton identité. La façon dont tu te perçois se transforme au contact de l'autre. Je pense que c'est normal, mais, des fois, je me sens prise dans un engrenage. Et Cuba m'a permis de prendre du recul. J'oublie trop souvent ma propre identité. Je me suis rendu compte que Laurent a beaucoup d'influence sur moi. J'agis beaucoup en fonction de lui, de son horaire, de ses envies.

Dans l'avion, je me disais que ça serait bien si je pouvais ouvrir des centres de jeunes comme le mien aux quatre coins de la planète. Des fois, je me demande si je ne devrais pas réorienter ma vie et travailler davantage pour la collectivité à plus grande échelle. M'impliquer dans quelque chose qui puisse vraiment faire une différence. Ouain, c'est peut-être un peu trop ambitieux et prétentieux… Des fois, je me sens comme une vraie mère Teresa. Arrêtez-moi, quelqu'un!

Mais imagine si tous les humains faisaient un travail qui aurait pour but d'améliorer le monde et non uniquement leur compte en banque. C'est fou comme notre vie repose sur l'argent. On dirait que c'est la seule chose qui compte. Parfois, tout ça m'apparaît de façon très nette mais, malheureusement, faute de temps pour passer à l'action, je replonge dans mon petit quotidien. En attendant l'illumination, je pose de petits gestes, à mon échelle, comme acheter du café équitable. C'est au moins ça. Comme tu vois, je me cherche un peu, ça doit être la trentaine…

Toi, tu me déstabilises. J'aime et j'aime pas. En trente-deux ans, je me suis construit une vie que j'aime beaucoup. J'ai des amis super, je travaille dans un domaine qui me passionne, j'entretiens des liens très serrés avec ma famille. Mon frère jumeau, Simon, m'a présenté Laurent, un gars qui m'aime, intègre et qui a les mêmes buts que moi. Bref, une vie faite sur mesure.

Et pourtant, je continue à t'écrire. Comme si tu comblais un manque. Je ne vois pas ce que je pourrais vouloir de plus. Ma vie serait-elle trop prévisible? Ou est-ce le goût de l'inconnu? Vraiment, David, tu me compliques les choses. Mon plan était dessiné et maintenant, je me demande si je ne devrais pas refaire le dessin. Mon p'tit maudit!

C'est la première fois que quelqu'un me fait craquer de cette façon. Auparavant, j'ai toujours été attirée par le physique et cette chimie me faisait carburer pour découvrir la personne. Avec toi, c'est le contraire : c'est ta façon de penser, d'être, de te dévoiler avec les mots, qui crée la chimie. Je sens que nos échanges sont plus profonds, que ça rejoint plus l'essence même de ma vie. Es-tu toujours aussi intense en amour ? Tu ne m'as jamais vraiment parlé de tes histoires de cœur... À quand remonte ta dernière histoire d'amour ? Tu n'as personne dans ta vie présentement ?

Désolée que tu n'aies pas passé un beau week-end. Et oui, je suis un peu mêlée. Enfin, comme tu dis, nous sommes deux grandes personnes, mais où va-t-on ? Je ne sais pas comment qualifier notre relation. Est-ce une profonde amitié ? Y crois-tu à l'amitié entre un homme et une femme ?

Flavie

◆

De : leclairdavid@yahoo.ca
Le lundi 23 juin, 22 h 54
Objet : Rêves et amitié

« Je m'attriste davantage de ceux qui rêvent le probable, le proche et le légitime, que de ceux qui se perdent en rêveries sur le lointain et l'étrange.

Si l'on rêve avec grandeur, ou bien l'on est fou, on croit à ses rêves et l'on est heureux, ou bien on est un simple rêveur, pour qui la rêverie est une musique de l'âme, qui le berce sans rien lui dire. » (Fernando Pessoa)

L'amitié ? Ben, s'il n'y a pas de désir, c'est sûrement possible... Mais, à mon avis, ce genre de choses devrait se discuter face à face devant une bonne bière. Tu ne trouves pas ? Alors, on se la prend, cette bière, mademoiselle Valois ? Tant qu'à être dans la même ville, aussi bien en profiter. Et comme tu as beaucoup de jasette...

Ma dernière histoire d'amour ? Je ne m'en souviens plus, ça fait trop longtemps ! Non, sérieusement (bien que ce ne soit pas loin de la vérité), je ne me suis jamais vraiment remis de mon amour du cégep, dont je te parlerai un jour. Depuis, je n'ai pas eu de relation significative. Et non, il n'y a personne dans ma vie présentement... à part Phil !

Toi aussi, tu m'en fais voir de toutes les couleurs. Mais t'es cute même quand tu te poses de grandes questions existentielles. Moi, je pense qu'on ne sait jamais où on va dans la vie, mais qu'il faut y aller quand même.

Demain, c'est congé, peux-tu t'échapper pour quelques heures ?

David

De : <u>flavie.valois@sympatico.ca</u>
Le mardi 24 juin, 10 h 43
Objet : Bonne Saint-Jean !

Salut David,

Laurent étant en congé, on va faire de la planche à voile au Cap-Saint-Jacques. J'ai un besoin urgent de faire du sport, de bouger. J'ai été en sevrage pendant trois semaines à Cuba. Le sport, c'est ma thérapie. Quand je suis anxieuse, le mouvement me fait changer d'état d'esprit et ça aide à mieux penser. Je sais que tu n'es pas très sportif, mais tu devrais essayer une activité sportive quelconque. Ton niveau de stress baisserait, c'est certain.

Ça me surprend que tu n'aies pas eu de relation amoureuse significative depuis longtemps. Je te vois comme quelqu'un de tellement passionné par la vie, l'amour. Tu dois sûrement avoir un paquet de filles qui te tournent autour...

Est-ce que tu fais quelque chose, ce soir, pour la Saint-Jean ? Vas-tu au show au parc Maisonneuve ? Moi, je n'aime pas trop les foules. Je vais à une petite soirée chez mon frère Simon. Comme il a une grande cour, on va se faire une grosse bouffe dehors. Il y a quelques musiciens dans la gang, ça promet.

Au sujet de ta citation sur le rêve, serais-tu en train d'essayer de m'influencer par la bande ? De m'encourager à faire des folies en t'appuyant sur les grandes théories de tes auteurs? Pourquoi un gars aussi intello et volubile que toi ressent-il le besoin de se servir des citations des autres? Ce sont de belles pensées mais, honnêtement, je préfère lire du David Leclair. Sinon je vais aller à la librairie.

Peut-être pourrions-nous nous voir jeudi soir? Qu'en dis-tu?

Je pense à toi,

Flavie

◆

De : leclairdavid@yahoo.ca
Le mardi 24 juin, 23 h 17
Objet : Sainte Flavie

Allo,

Bon, va pour jeudi soir. Que dirais-tu, toi, de L'Île Noire, sur Ontario, entre Saint-Denis et Sanguinet? C'est à peu près à mi-chemin entre chez toi et chez moi.

Les filles, les filles… Comme dirait un de mes amis : «Elles peuvent te tourner autour tant qu'elles veulent, mais plus il y en a, plus tu te sens comme un pot de miel.»

Au sujet des auteurs que je cite, ils m'inspirent tellement. Je n'arriverai jamais à écrire des choses comme ce que je lis d'eux, à résumer mes émotions et à les exprimer de façon si grandiose. Les passages que je t'ai fait partager sont des phares dans ma vie.

Pour la Saint-Jean, je suis allé aider ma mère à faire ses boîtes. Elle quitte enfin la maison où j'ai grandi pour déménager au-dessus de sa galerie d'art. Ça va lui faire du bien de mettre définitivement de côté tous ses mauvais souvenirs et faire une croix sur le passé. En vivant au-dessus de sa galerie d'art, je trouve qu'elle fait un pas en avant, qu'elle regarde vers l'avenir. Elle dit que sa cour va lui manquer, mais je suis convaincu qu'en retour il y aura beaucoup de positif.

Elle était assez émue, ça se sentait, mais elle essayait de ne pas le laisser paraître. Elle est comme ça. Nos mères se vantent de nous connaître mieux que nous-mêmes, mais nous aussi nous les connaissons beaucoup plus qu'elles ne le pensent.

J'avoue qu'à moi aussi ça a fait quelque chose de mettre les photos de mon père dans des boîtes. Je suis tombé sur celle où j'étais sur ses genoux dans la cabine d'un Boeing. De retour chez moi, je me suis plongé dans mon long-métrage. C'est une vraie thérapie. Je me suis accordé une courte pause pour t'écrire ce petit mot.

J'ai hâte à jeudi.

De : flavie.valois@sympatico.ca
Le mercredi 25 juin, 9 h 23
Objet : L'abeille et le miel

Je ne sais pas comment ta mère a fait pour vivre
dans cette maison pendant dix ans après la mort
de ton père. J'imagine que c'était une sécurité…
Est-ce qu'elle a un chum ? Tu as l'air proche d'elle,
c'est beau à voir.

D'accord pour l'Île Noire. L'abeille est d'accord.
20 h ?

◆

De : leclairdavid@yahoo.ca
Le mercredi 25 juin, 10 h 46
Objet : Jeudi

Disons 20 h 30. Je veux être certain d'avoir
terminé en studio. J'ai bien hâte de te revoir
(enfin !). Vas-tu encore porter tes yeux verts ?

◆

De : flavie.valois@sympatico.ca
Le mercredi 25 juin, 18 h 06
Objet : Les yeux verts

Tu vas les trouver un peu amochés, demain, mes
yeux. Hier soir, j'ai un peu trop fêté. Notre soirée
relaxe s'est transformée en gros party (c'est

souvent le cas). Mon frère Simon est débardeur dans le port de Montréal et il a invité sa gang de chums. Ouf! Des gars assez sautés. Sympathiques mais infatigables.

En plus, il y avait mes amis de longue date et même mes parents sont venus faire un tour. Tu aurais dû les voir, ils étaient un peu ronds et ils ont dansé toute la soirée. C'était vraiment cool. J'aimerais bien te les présenter un de ces jours.

Alors à demain, 20 h 30, à l'Île Noire.

Flavie

❖ ❖ ❖

De: flavie.valois@sympatico.ca
Le vendredi 27 juin, 1 h 33
Objet: Île de couleurs

Je t'écris et j'ai peur que Laurent se lève et me surprenne. Cette correspondance devient un jeu dangereux, car il est souvent ici. Honnêtement, je ne pourrais pas justifier d'être devant l'ordi à cette heure. Et un peu soûle en plus. Merci pour les bières. Tu voulais me faire boire, mon petit maudit, hein? Ben, tu as réussi!

J'ai passé une autre super belle soirée avec toi. J'ai encore le jeans tout mouillé de la bière que j'ai renversée. Je pue la bière. Je suis vraiment gaffeuse, ça n'a pas de bon sens.

Quand tu ris, je craque. Littéralement. Tu commences à m'obséder. Je te vois partout. Je suis en train de perdre le nord. Je fonds quand tu me fixes avec tes yeux bleus perçants et que tu arrêtes de parler d'un coup sec. Je pourrais facilement me sentir mal à l'aise, mais c'est tout le contraire, je sens plutôt une chaleur m'envelopper. On dirait que tu tentes toujours de créer ce doux vertige qui nous envahit juste avant d'embrasser l'autre. Espèce d'agace! Ce n'est pas pour rien que les abeilles te tournent autour... pauvre petite victime... Tu fais monter le désir. Je ne sais pas comment j'ai fait pour résister à ça. Je me trouve bonne!

À l'intérieur de moi, il y a trop de femmes qui veulent vivre: l'amoureuse, la rationnelle, la travailleuse, la passionnée, l'amie. On dirait que je renoue avec toutes ces femmes qui dormaient en moi. J'ai peur de tomber amoureuse de toi.

Geneviève me pose de plus en plus de questions, ce qui ne fait rien pour te sortir de ma tête. Elle pense que je suis avec Laurent uniquement pour la sécurité. Elle m'a avoué qu'elle n'avait jamais cru en notre couple. Ayoye! Toute une claque en pleine face, de se faire dire ça par sa meilleure chum. Je crois qu'elle n'aime pas beaucoup Laurent. C'est plate, mais on ne choisit pas son chum pour ses copines.

Depuis trois ans, je découvre les joies de la vie quotidienne avec Laurent. Il me comble à plusieurs niveaux. Il me fait voir le côté plus rationnel des choses. Dans une relation amoureuse, j'aime découvrir l'univers de l'autre.

Laurent me fait partager ses observations sur différents phénomènes rencontrés pendant ses vols en hélicoptère, sur le travail des policiers, etc. J'apprends beaucoup avec lui. Il a aussi cette faculté de voir le beau côté de chaque situation. De plus, il est actif et sportif comme moi. Et côté sexe, c'est presque parfait.

Seul l'aspect romanesque me manque. Laurent n'a ni le sens de l'émotion forte ni celui du rêve. C'est un être constant. Avec lui, pas de surprises, on sait toujours où l'on va. Jamais il ne montre sa vulnérabilité. Et toi, tu viens tout chambarder. C'est comme si tu me ramenais à la case départ.

En plus, je ne suis pas très productive au travail ces temps-ci. Pourtant ce n'est pas le travail qui manque. On doit trouver plus d'argent pour offrir de meilleures ressources et il faut se casser la tête pour trouver de bonnes idées de financement autres que de vendre du chocolat… Je te dis que tu ne m'aides pas beaucoup, le réalisateur!

Aidez-moi, quelqu'un!

◆

De : leclairdavid@yahoo.ca
Le samedi 28 juin, 13 h 13
Objet : Connexion haute vitesse

Flavie, Flavie, Flavie. J'avais le goût de t'appeler toute la soirée, mais, évidemment, je n'ai toujours pas ton numéro, *for obvious reasons*. Je pense que je vais t'acheter un cellulaire pour ta fête. Hé, d'ailleurs, c'est quand, ta fête?

Tu m'allumes comme c'est pas permis. Tu es irrésistible quand tu dis que tu ne veux pas m'embrasser. Et plus tu bois, plus t'es drôle. Tu es super belle avec tes épaules bronzées et tes fameux yeux verts incandescents.

Honnêtement, ça n'a jamais cliqué comme ça avec quelqu'un. On dirait que tu es comme la sœur que je n'ai pas eue, mais en même temps non, parce que je te désire tellement. Nos échanges sont si profonds et si intenses, je sens une véritable communion. En tout cas, ça fait changement des relations superficielles de la pub.

Toi, je peux tout te dire sans jouer de rôle. Tu es totalement là, à l'écoute, captivée, entière. Tu sais l'image qui m'est venue? Quand je suis avec toi, je me sens comme une télé qui aurait été laissée de côté durant des années et qui serait enfin branchée dans une prise de courant. Et le courant, il passe en sacrament! C'est du 220 volts, c'est ce qu'il y a dans le métro. Ça transperce mon corps. Et mon esprit.

J'aimerais ça qu'on puisse passer plus que quelques heures ensemble à un moment donné. Pourrais-tu te trouver un méga prétexte?

Je suis sur un tapis volant qui va à 200 km/h. Hier, comme je t'ai dit, nous étions en approbation de montage off-line avec les bonzes de la maison de disques. Je craignais le pire.

Eh bien, ça s'est bien passé (c'est rare). Je vis tellement de stress dans ces moments-là que le lendemain (comme aujourd'hui) je suis complètement vidé.

Hier soir, après l'approb, toute la gang de Kamikaze Films est sortie écumer quelques bars. Comme je ne tiens pas en place (comme tu le sais), j'ai traîné tout le monde partout. Et, puisque j'interdis aux gens de prendre leur auto, on était continuellement en train de héler des taxis. Au moins, on fait rouler l'économie et on n'est pas dangereux.

On a commencé sur une terrasse de la rue Saint-Denis mais, comme je suis puriste, côté margaritas, j'ai suggéré qu'on aille au Lounge à Gogo, sur Saint-Laurent. Puis après, il faisait tellement beau que nous sommes allés sur la terrasse à l'arrière du Sainte-Élizabeth. Je ne sais pas si tu connais, c'est sur Sainte-Catherine près de Saint-Laurent. La terrasse est entourée de vignes sur, genre, dix étages, c'est vraiment beau. Ensuite, il y en a quelques-uns qui sont venus finir ça sur ma terrasse pour voir le soleil se lever. J'aurais aimé que tu sois là.

J'étais dans un état assez avancé, merci, mais pas autant que Phil. Je ne l'ai jamais vu soûl de même ; il se prenait pour Bono, ce qui n'est pas son style, habituellement.

Je viens de me lever, je pense que je suis encore soûl. Cette nuit, j'ai fait lire un de tes courriels à Jacques. Il l'a trouvé très beau. Il m'a pris par les épaules, ça m'a fait tout drôle. Tu sais, les gars on n'est pas habitués aux contacts entre nous autres, on est des machos! Ces temps-ci, ça ne va pas trop bien avec sa copine et je sens qu'il envie notre relation. Mais ce n'est pas de l'envie jalouse, c'est de la belle envie, il est heureux pour moi.

Je te laisse, Bono sonne à la porte!

À plus,

David

✦

De: genbeaulieu@netnet.com
Le dimanche 29 juin, 17 h 34
Objet: D'une fille curieuse

Allo David,

On ne se connaît pas mais c'est tout comme... Je suis Geneviève Beaulieu, l'amie de Flavie. Je voulais te dire un petit bonjour en cette belle fin d'après-midi. Bravo pour ton court-métrage. Ça fait du bien de voir quelqu'un prendre position. J'aime beaucoup tes associations d'idées. La scène qui m'a le plus marquée, c'est celle où, pendant qu'un homme d'affaires dit que toute sa vie il a trimé fort pour arriver où il est rendu, on voit défiler des statistiques sur le taux d'alcoolisme, de divorce, etc. Ton film me fait un peu penser au film *Bowling for Columbine* (que j'ai beaucoup aimé aussi), mais en plus smooth.

À quand le prochain?

P.-S. J'ai bien hâte de rencontrer l'homme qui bouleverse tant ma belle Flavie.

Geneviève B.

Salut David,

Comme tu peux voir, Gen n'est pas une fille gênée! Elle s'est jetée sur le clavier pour t'écrire ce petit mot. Je suis chez elle. Nous avons fait de la bouffe tout l'après-midi. Mon frère Simon et mon chum viennent souper tantôt. Tu pourrais venir et prétendre être un ami de Gen... Ouais... N'importe quoi.

Tu me touches droit au cœur lorsque tu dis que pour toi ça n'a jamais cliqué autant avec quelqu'un. Vraiment, ça me secoue.

Je vois que tu fais la fête pas à peu près! Est-ce pour mieux combler le vide de mon absence? :-)

Bon, on doit continuer à faire notre pesto.

À plus tard,

Flavie

De: leclairdavid@yahoo.ca
Le dimanche 29 juin, 20 h 41
Objet: Veuillez s.v.p. répondre à mes questions

Non, mais, y fait-tu beau à ton goût?!! C'est quoi ce climat tropical à Montréal? Je prendrais exactement la même chose douze mois par année.

Je me demande si hotmail fonctionne comme il faut et si tu reçois mes messages au complet... Je répète donc (plus fort): j'aimerais ça qu'on puisse passer plus que quelques heures ensemble à un moment donné.

Moi, aujourd'hui, j'ai fouerré toute la journée. (Est-ce que c'est comme ça qu'on écrit le mot? Parce que je ne veux pas dire «foiré», je veux dire «fouerrrrré», c'est plus allongé, encore plus veg). Il faut que je récupère.

«Pis, c'est quand ta fête?» demanda-t-il pour la seconde fois...

À bientôt (j'espère)

David

◆

De: flavie.valois@sympatico.ca
Le lundi 30 juin, 12 h 01
Objet: Un fouérrrrreux plutôt actif

Salut le végétal,

Profites-en, parce que quand ton projet de long-métrage va débloquer, tu ne pourras pas fouérrer longtemps. Excuse-moi d'avoir sauté des bouts de ton dernier courriel, mais je t'écris souvent sur le gros nerf et je dois faire vite. Tu sais, je n'habite pas seule, moi. Laurent est toujours dans les environs. Et je ne veux pas me faire prendre. Surtout que la semaine dernière il m'a surprise juste au moment où je cliquais sur *Envoi*. Je lui ai dit que j'écrivais à Martha, notre hôte cubaine.

Bon, les réponses : ma fête, c'est le 12 septembre ; je suis Vierge. Et la tienne, c'est quelle date ? Pour ce qui est de passer une journée avec toi, peut-être samedi prochain. Je pourrais me libérer car Laurent s'en va en week-end de pêche avec mon frère Simon et mon père. Trois maniaques de pêche. Mon père s'est acheté une super chaloupe, tu devrais le voir, c'est comme son cinquième enfant.

Hier soir, Laurent était hyper-affectueux et je sentais qu'il voulait faire l'amour, mais ce n'était pas évident de me mettre dans l'ambiance. Et je vais t'avouer une énormité : ton visage et ton corps me sont venus à l'esprit à quelques reprises lorsque j'étais en train de baiser avec lui. Ayoye ! David, tu commences à être beaucoup trop présent.

Flavie

✦

De : leclairdavid@yahoo.ca
Le lundi 30 juin, 22 h 41
Objet : Mmmmmmm...

Wow ! Je ne sais pas pourquoi, ça va mieux tout d'un coup. Je pense que je vais garder ton dernier message longtemps. Pour samedi, pas de problème, je suis libre.

Je lisais un magazine en studio aujourd'hui et je ne me souviens pas qui, mais quelqu'un d'important disait que dans la vie les expériences s'offrent à ceux qui peuvent les vivre. Et je pensais à la majorité des gens qui sont prisonniers de leur petite vie plate. J'espère que je ne serai jamais un de ceux-là.

David Leclair, Bélier, 22 mars.

✦

De : leclairdavid@yahoo.ca
Le mardi 1ᵉʳ juillet, 10 h 53
Objet : Question

Flavie, je ne me souviens plus si ton amie Geneviève est célibataire. On pourrait la matcher avec Phil. Qu'est-ce que t'en penses ?

✦

De: flavie.valois@sympatico.ca
Le mercredi 2 juillet, 20 h 53
Objet: Bonne idée!

Tu as raison, ça pourrait être intéressant, Gen et Phil. Je ne peux pas t'écrire longtemps mais je te passe un coup de fil demain afin qu'on s'arrange pour samedi.

De : leclairdavid@yahoo.ca
Le dimanche 6 juillet, 10 h 53
Objet : Nowhere

C'était un nowhere (c'est comme ça qu'on appelait ça dans le temps de nos parents). Comme dans le roman *Salut Galarneau!* Je trouvais tout à coup l'avenue du Mont-Royal très peuplée, l'asphalte était en train de fondre, ça n'allait pas du tout, mais alors pas du tout! Alors, je t'ai kidnappée.

Lorsque tu as pris ma main pendant que je conduisais, mon cœur voulait sortir, comme si les 150 chevaux étaient dans ma poitrine.

Au retour, je ne pouvais pas dormir, alors je me suis replongé dans un livre de Bobin : « Le vrai bonheur, c'est ça : un visage inconnu, et comment la parole peu à peu l'éclaire, le fait devenir familier, proche, magnifique, pur. » Vous avez cette grâce naturelle, mademoiselle Flavie, c'est déconcertant. Je n'aurai jamais assez de vous. J'ai vraiment vraiment, vraiment, hâte de faire l'amour avec toi.

Il y aura un souper sur ma terrasse ce soir, terrasse qu'on a baptisée *L'illégale*, en vertu de son statut, évidemment. Hé, ça fait une semaine qu'on n'a pas soupé ensemble, un record! Phil m'a demandé si tu allais être là. J'ai dit peut-être. Alors? C'est oui ou c'est non?

De: flavie.valois@sympatico.ca
Le dimanche 6 juillet, 11 h 01
Objet: Es-tu fou?

Tu diras à Philippe que j'ai un empêchement. Un autre *nowhere* avec toi? N'importe quand! L'autoroute 10 jusqu'à l'infini, jusqu'à North Hatley. Je t'observais dans ta petite Mercedes, pendant que U2 et Coldplay faisaient danser nos cœurs. Tu regardais la route d'un air concentré, ta main dans la mienne, plus rien n'existait. Que toi et moi. Loin de l'avenue du Mont-Royal, seuls, enfin, dans une bulle. Notre bulle.

Faire l'amour, tu dis? Si tu fais l'amour comme tu embrasses, ça doit être pas mal. Mais je ne veux pas trop y penser...

Ton sens de l'aventure me chavire. J'aime les surprises, les pistes sur lesquelles tu m'entraînes. Toi et ta vieille caméra, avec laquelle tu n'as pas arrêté de me filmer. Les artistes ne décrochent jamais, hein? J'ai envie de vous suivre, toi et ta caméra, jusqu'au bout de la vie.

Ta mère semble tellement importante pour toi. Tu es sensible et touchant, David. Merci pour ce beau scénario.

Merci aussi pour ce souper en tête-à-tête sur le bord du lac. La nature nous enveloppait. Doux moment.

David, je ne pourrai plus vivre longtemps avec ce froid et cette chaleur en moi.

Flavie

◆

De: flavie.valois@sympatico.ca
Le dimanche 6 juillet, 11 h 21
Objet: Ah oui, pis...

Je me disais que tu avais pas mal le tour avec les femmes. Un vrai réalisateur qui veut nous en mettre plein la vue. Ta petite voiture hyper-class, ta musique dans le tapis, tes envolées lyriques, tes citations... Un peu cliché, mais avec toi ça passe bien. Ça me surprend que tu n'aies personne dans ta vie.

◆

De: leclairdavid@yahoo.ca
Le lundi 7 juillet, 8 h 47
Objet: On ira où tu voudras quand tu voudras

Ma chère Flavie,

Tous mes amis ont été déçus de votre absence. Je les ai encore soûlés de bons mots à votre égard. Ils n'en peuvent plus, ils veulent te voir absolument. Ils croient vraiment que tu n'existes pas. Ils veulent des preuves!

Hier, le souper réunissait ma vraie gang de malades, le quatuor infernal. Phil (que tu dois commencer à connaître, même si tu ne l'as jamais vu), Thierry, mon old buddy du cégep et Frank, qui est concepteur-rédacteur dans une « agence de putes », comme il dit.

Ah... ma chère, ma vie sentimentale est une catastrophe sans nom. Mais j'ai quelqu'un dans ma vie, toi. Une relation pure, intense.

Ce n'est pas évident de rencontrer quelqu'un avec qui ça clique vraiment. Et je vais t'avouer que j'ai été passablement échaudé avec la Sophie dont je t'ai déjà parlé et que je croyais être un grand amour. C'était l'athlète par excellence du cégep. Ça a été le coup de foudre total. J'étais complètement fou d'elle. Puis, du jour au lendemain, elle est partie avec un des gars de l'équipe de football (dont je ne faisais évidemment pas partie — la musculature, toujours —, et voilà.) Tout ça presque sous mes yeux, à Cuba. Ça ne peut pas être plus cliché, mais que veux-tu, c'est la vie, et elle est bourrée de clichés. Je ne l'avais pas vu venir. Eh qu'on est naïfs quand on est jeunes !

Elle est partie vivre dans les Laurentides avec son footballeur. Peut-être a-t-elle des enfants. En tout cas, j'espère qu'elle est malheureuse. Thierry dit souvent que je fais une sophiite aiguë et que, comme pour le VIH, on n'a pas encore trouvé un remède efficace. J'en parle et j'ai encore le cœur qui se serre, imagine! C'est pathétique, mais, bon…

Dans un autre désordre d'idées : quand est-ce qu'on présente Phil à Geneviève ?

◆

De : flavie.valois@sympatico.ca
Le lundi 7 juillet, 23 h 18
Objet : Blind date

Pour Gen, ça ne devrait pas être un problème de la présenter à Phil. Évidemment, on ne leur dira pas que c'est un blind date.

Cette Sophie, elle doit t'avoir beaucoup marqué pour que cette histoire laisse encore une trace après six ou sept ans… Pourquoi lui souhaites-tu d'être malheureuse ? Et tu sembles associer enfants et malheur : est-ce qu'avoir des enfants rend malheureux ? Tu n'en veux donc pas ?

◆

De : leclairdavid@yahoo.ca
Le mardi 8 juillet, 18 h 53
Objet : Enfants

Des enfants ? Oh, j'ai bien d'autres projets pour l'instant. Je suis allé te porter mon premier à ton centre l'autre jour. Et j'en attends un deuxième, un gros. Nous avons justement déposé mon projet de long-métrage aujourd'hui. Réponse début septembre. Je suis hyper-confiant.

Dis, j'ai eu des billets pour la première de la pièce d'été du TNM jeudi soir. Et Bibiane, ma coordonnatrice, m'a donné les siens parce qu'elle ne peut pas y aller. Bon prétexte pour un blind date, tu ne trouves pas?

◆

De: flavie.valois@sympatico.ca
Le mercredi 9 juillet, 17 h 33
Objet: Sacrée journée

Ayoye! Quelle journée de merde! C'est drainant de travailler avec des délinquants, tu sais. Aujourd'hui, c'était l'enfer. Avec cette canicule, les jeunes ne voulaient pas travailler. Les cours de cet après-midi ont été un vrai bordel.

Premièrement, il en manquait cinq (la moitié du groupe!). Les sept autres déconnaient comme des fous en répétant la première partie de la pièce et je suis sortie de mes gonds. J'étais rouge de colère. C'est très rare que je perds le contrôle mais là, ce n'était pas beau à voir.

Le comble? Matthieu, le plus jeune du groupe, a fait une crise d'épilepsie. Il était assis sur une chaise et tout à coup: bang! Il est tombé par terre, les convulsions et tout et tout. Je ne sais pas si tu as déjà vu ça. C'est assez effrayant à voir. L'ambulance est arrivée, deux jeunes pleuraient, ils croyaient que Matthieu faisait une overdose. Je suis claquée, je vais me coucher très tôt.

Pour la pièce de théâtre, c'est super gentil, ça me tente. J'en parle à Geneviève et je t'appelle demain.

Je me croise les doigts pour le financement de ton long-métrage. Moi aussi, je suis confiante. Tu es notre relève cinématographique, rien de moins!

Au sujet des enfants, je comprends que tu aies d'autres projets, mais en veux-tu éventuellement?

Flavie veut savoir…

◆

De : leclairdavid@yahoo.ca
Le mercredi 9 juillet, 19 h 52
Objet : Sacrée journée pour moi aussi

Décidément, il y a des journées comme ça. Chez Kamikaze, on avait une approbation finale aujourd'hui pour le vidéoclip. Le big boss de la compagnie de disques a demandé des changements. C'est juste un power trip, il veut montrer que c'est lui le patron même s'il est dans le champ. Ça me met en tabarnak!

Phil vient voir la pièce, c'est sûr, alors confirme-moi ta présence et celle de Geneviève sur mon cellulaire demain, le plus tôt possible. Et pour les enfants, disons que ce n'est vraiment pas une priorité pour l'instant.

À+

◆

De: flavie.valois@sympatico.ca
Le jeudi 10 juillet, 6 h 13
Objet: Les enfants

Je n'ai pas dormi de la nuit. L'angoisse. Laurent dort comme un bébé, le chanceux. À quatre heures du matin, je n'en pouvais plus de me retourner dans mon lit, alors je me suis levée pour bouffer un yogourt. L'appart est un vrai bordel. J'ai même pensé faire du ménage.

La même question rebondit dans ma tête depuis ton dernier courriel: pourquoi ne veut-il pas d'enfants? Je sais que je suis fatigante, mais je ne comprends pas. Moi j'en veux, c'est certain. C'est un des buts les plus importants dans ma vie. Il me semble que c'est ce qu'on peut faire de plus beau, de plus grand.

Une famille unie, c'est tellement fort. Chez nous, on s'entraide beaucoup. Les moments difficiles sont ainsi moins durs à traverser car il y a toujours quelqu'un qui est là pour toi. Quand mon frère François a eu de gros problèmes de drogue, on l'a tous soutenu dans sa démarche de désintox. Je trouve qu'une vie sans enfants est une vie inachevée. Il y a tant de choses à leur apprendre et à apprendre d'eux. Vraiment, tu me déboussoles.

Les cartes se mélangent. Ça va de plus en plus mal avec Laurent. Je me dirige de plus en plus vers toi, et tu me garroches ça en pleine face.

◆

De : leclairdavid@yahoo.ca
Le jeudi 10 juillet, 8 h 21
Objet : Encore les enfants

Ouais, on a une relation vraiment bizarre. On n'a pas fait l'amour une seule fois et voilà qu'on parle d'enfants ! Flavie, tu le dis toi-même, il faut saisir la vie à bras-le-corps. Moi, à court terme, les enfants ne font vraiment pas partie de mes plans, je me concentre sur mon avenir professionnel, mais qui sait ce que la vie nous réserve ? Vous, les filles, vous êtes plus sensibles à ça, c'est dans vos gènes. Pour l'instant, je ne pense pas à ça mais on verra bien en temps et lieu.

En même temps, je te comprends. Il y a beaucoup de choses qui se passent dans ta vie ces temps-ci, ce n'est pas évident. C'est sûr que ton chum pèse lourd dans la balance. De mon côté, j'essaye de ne pas y penser. Notre relation est trop belle, elle ne peut pas s'arrêter là, c'est impossible.

Je suis là pour toi, Flavie, de tout mon cœur. Courage, tu vas sortir de cette impasse. Va où tes tripes te mènent.

J'imagine que ça te tente moins pour ce soir, mais prends le temps d'y penser. Cette sortie pourrait te changer les idées.

Appelle-moi tantôt.

◆

De: flavie.valois@sympatico.ca
Le jeudi 10 juillet, 8 h 45
Objet: Encore

C'est pathétique, j'en conviens. En fait, j'en ai presque honte, mais je veux des enfants depuis toujours et je ne changerai pas d'idée là-dessus.

Alors, pourquoi m'embarquer dans une relation avec quelqu'un qui n'en veut pas? Même si je vis de très beaux moments avec cette personne, je ne vois pas l'intérêt de me diriger vers un cul-de-sac. La relation peut durer deux semaines ou sept ans, je m'en fous, je veux pouvoir y croire sans obstacles.

Et pour ce soir, je vais y penser.

Flavie

De: leclairdavid@yahoo.ca
Le jeudi 10 juillet, 8 h 57
Objet: Ce soir

Ma belle Flavie,

Il ne faut pas qu'on oublie de respirer par le nez. Prenons les choses une à la fois. Pour employer une expression pas très chic: il ne faut pas mettre la charrue devant les bœufs. Pour l'instant, les enfants ne figurent pas du tout dans mes plans, mais qui sait où la vie peut nous amener? J'ai 28 ans, je ne suis pas encore rendu là. Patience.

Ce serait vraiment le fun que tu viennes ce soir. Ça va nous faire du bien de nous voir dans un contexte relaxe et je pense que la rencontre Phil-Gen est très prometteuse.

Dis oui, dis oui!

◆

De: flavie.valois@sympatico.ca
Le jeudi 10 juillet, 12 h 09
Objet: La pièce

Salut David,

Je suis de plus en plus confuse mais j'ai décidé que j'allais me donner un break. J'ai toujours été extrêmement instinctive dans mes décisions et je vais continuer à l'être.

En ce moment, je sens que je me dirige vers cet endroit inconnu où tu te trouves et c'est comme si je n'avais pas le choix d'y aller ou pas. Il y a quelque chose que je veux trouver. Quoi? Aucune idée. Mais je vais trouver, compte sur moi. Concernant les enfants, on va attendre... dans le sens de «on s'en reparlera en temps et lieu», comme tu dis.

Pour ce soir, c'est d'accord, Gen va se joindre à nous. J'ai bien hâte de te la présenter. Je te donne un coup de fil en fin de journée.

Flavie

✦ ✦ ✦

De: flavie.valois@sympatico.ca
Le vendredi 11 juillet, 8 h 41
Objet: Beau coup de théâtre!

Je suis sonnée. Faire l'amour avec toi dans ta voiture, j'aurais jamais pensé… Ouf! Même si on a passé deux heures à parler après, il me semble avoir encore plein de trucs à te dire. Et maintenant, t'écrire, ce n'est plus pareil, j'ai moins de pudeur.

J'avais l'impression d'être au ciné-parc et de voir (ou plutôt de vivre) un super bon film. Tu es envoûtant. Quand tu m'as effleuré le cou avec tes lèvres, j'ai senti que nous franchissions une autre étape. Chacune de tes caresses coulait au plus profond de mon cœur et de mon corps. Tu m'as enflammée d'un coup comme un brasier.

Notre communion avait quelque chose à la fois de sauvage et de doux. Assise sur toi, je te sentais jusqu'au fond de mon ventre, c'était chaud, c'était bon. Nos corps glissaient l'un contre l'autre comme si nous étions plongés dans l'eau. La gravité, presque inexistante. Ouf!

Ce matin, je ne suis pas dans mon état normal. Je suis boostée au maximum mais, en même temps, je me sens un peu perdue. J'ai trouvé ça atroce de dormir à côté de Laurent, je me sentais laide et sale. J'ai l'impression d'être une bombe à retardement. Chose certaine, je ne tiendrai pas longtemps comme ça.

Je repense à nous quatre, «enjeudichés», attendant dans le hall du théâtre. Je guettais Phil du coin de l'œil. Je découvrais peu à peu un élément très important de ton univers: ton meilleur ami. Vous faites une belle paire. Ce gars-là est touchant dans sa façon de s'exprimer. Une sorte de volcan tranquille, très discret, presque gêné pendant la première demi-heure, puis l'autre partie se révèle. C'est tout un contraste. Plus il gagne de l'assurance, plus il est drôle.

J'ai bien ri lorsqu'il a imité un certain David en train de diriger son équipe de tournage sur l'adrénaline avec tous ses tics, ou quand il sort ses citations philosophiques avec un verre dans le nez lors de vos soupers. Franchement, je donnerais cher pour voir ça.

Tu ne m'avais pas dit que tu étais aussi jet set! Ouain, je te découvre... Et c'est gentil de nous avoir présentées, Gen et moi, à tout le monde. Je ne suis vraiment pas groupie mais je t'avoue que là j'avais les yeux ronds.

Gen te trouve hyper-sympathique et dit qu'on a l'air de cliquer ensemble. Phil lui a semblé très correct, mais je crois que ce n'est pas son genre. Peut-être pourra-t-il devenir un ami. Mais, bon, on aura essayé. Au fait, elle est cool mon amie Gen, hein?

Quelle belle soirée! J'ai bien aimé visiter les loges. C'était intéressant de voir les coulisses et de rencontrer les acteurs. Tu m'as convaincue d'emmener mes jeunes au théâtre, je vais essayer de débloquer un budget pour ça.

David, encore merci pour ces moments magiques. J'espère qu'il y en aura d'autres. Je te laisse, je dois y aller. Aujourd'hui, au FoulArt, nous avons un invité spécial: le comédien François Arsenault. Il vient nous parler de son expérience d'acteur; je suis persuadée que ça va motiver les jeunes.

Ah oui, je me demandais, ce matin : comment se fait-il que tu as des condoms dans ton coffre à gants ? Tu en fais souvent, des escapades comme ça ?

Bonne journée, mon beau fauve,

Flavie

◆

De : leclairdavid@yahoo.ca
Le vendredi 11 juillet, 19 h 23
Objet : Feu roulant

Mon athlète aphrodisiaque, ma déesse aux mains magiques, il y a de ces journées comme ça où je (et probablement tu) vis tellement d'émotions que je me dis : « Je ne passerai pas au travers. » Des journées avec des hauts tellement hauts et des bas tellement bas. C'est hallucinant... Laisse-moi te raconter.

Hier soir : soirée incroyable avec vous, une soirée qui donne le goût de remercier la vie à genoux. Une soirée comme au-dessus de la vie.

Je ne pensais pas que ce serait ce soir-là qu'on ferait l'amour pour la première fois, et surtout pas dans mon auto ! Après l'histoire des enfants, je me disais que ce ne serait pas demain la veille. Je n'ai pas vu le temps passer. Quand on est allés reconduire Gen et Phil, je pensais qu'il était quelque chose comme minuit.

Mais avec toi, après, au belvédère, quel trip! Je me sentais comme si j'avais 15 ans. Pour répondre à ta question sur les condoms : c'était la première fois que je baisais dans une voiture — et toi? —, mais j'étais bien préparé, hein? Un réalisateur, ça pense à tout!

J'ai pu enfin goûter à ton corps. Savais-tu que tu goûtes la vanille? Je tremblais quand j'ai enlevé ta blouse et que j'ai sucé tes seins. C'est incroyable comme l'acte sexuel peut atteindre une autre dimension quand tu trippes vraiment sur la fille. J'aime comment tu bouges, ta façon si sensuelle de te laisser aller. Je pense qu'on ne peut pas atteindre une intensité plus grande sur l'échelle du plaisir. Et tes yeux verts qui brillent dans le noir, c'est hallucinant. C'était comme une danse, comme un tango non étudié mais parfait. Et il y avait cette humidité dans l'air, ça sentait bon.

Quand je suis revenu chez moi, j'avais l'impression d'avoir rêvé. Je me demandais si tout ça c'était vraiment passé? Pourtant, mes mains, mon cou, mes cheveux sentaient toi. En tout cas, j'ai hâte de faire un autre rêve.

Aujourd'hui, en studio, journée hyper-heavy. En arrivant ce matin, on se rend compte que ce que les gars ont fait hier soir ne marche pas, les gens de la compagnie de disques attendent dans le hall, bref, l'enfer. À midi, ça brette encore, tout le monde est tendu, le client arrive dans trois heures. Je suis sur le gros nerf... Je vais prendre l'air un peu et lorsque je reviens ça a débloqué, comme par magie.

On rush les choses, puis le client arrive avec le boss du boss de Toronto. On pensait qu'ils allaient être sur les nerfs vu qu'on est en retard au max, mais non. Ils sont souriants comme tout, ils ont l'air d'être en vacances. On est quand même très nerveux. On leur passe le clip: ils applaudissent! Je te le jure! Ils ont applaudi! Poignées de main, sourires: quinze minutes plus tard, c'était fini. Je me sentais comme si j'avais 90 ans et que je venais de réussir un trou d'un coup au golf pendant un ouragan. J'ai failli me mettre à pleurer.

Ils nous ont même invités à aller prendre un verre. Je m'en vais les rejoindre au Saint-Sulpice. Je suis passé prendre une douche; j'ai tellement sué que je dois avoir perdu 15 livres! Et je suis déshydraté; je pense que la bière va descendre rapidement (et que ma voiture va rester dans la cour).

Je n'ai pas pu m'empêcher de regarder si j'avais des messages. J'ai capoté, moi aussi, hier soir. Faut dire que j'étais dans mon élément. C'était le fun de se voir dans un contexte comme celui-là. Et disons que j'étais très fier d'être en votre charmante compagnie, mademoiselle. Mettons que je n'avais pas honte! J'ai bien vu les regards et les sourires pleins de sous-entendus de quelques collègues. Et que Phil aussi soit en bonne compagnie, il semble que ça fasse déjà jaser dans les chaumières. Tant mieux, j'aime ça!

Phil était particulièrement en forme. C'est un introverti mais, comme tous les introvertis, lorsqu'il se décide à prendre le plancher, il est imbattable! C'était la première fois que je le voyais m'imiter: j'en ai presque pissé dans mes culottes. Il le faisait très bien, trop même! Je pense que je vais réviser certains de mes comportements.

Au sujet de Geneviève, il m'a dit qu'elle n'était pas vraiment son genre, alors personne ne va être déçu. Sauf nous, peut-être. Votre complicité, à vous aussi, ton amie et toi, est belle à voir. Plus sereine peut-être, plus... mature que celle entre Phil et moi. Remarque qu'on n'est pas durs à battre!

On ne doit pas s'ennuyer avec Geneviève, elle a l'air d'aimer rire et elle a un bon sens de la répartie. Elle semble bien dans sa peau. Je ne comprends pas qu'elle n'ait pas de chum.

Et pour ce qui est des soupers sur ma terrasse, je t'invite quand tu veux.

Je te laisse, il faut que j'y aille. Penses-tu qu'on pourrait se voir ce week-end? En tout cas, je suis au Saint-Sulpice ce soir, si jamais ça te tente...

David

De: flavie.valois@sympatico.ca
Le samedi 12 juillet, 11 h 28
Objet: Bonjour

Tu dois être amoché ce matin. J'imagine que ta soirée d'hier s'est poursuivie tard dans la nuit. J'aimerais bien être chez toi, dans ta cuisine, pour te faire un bon petit-déjeuner. Pas vraiment mon style, mais bon… je pourrais me convertir pour une matinée.

Ton message me plaque un sourire au visage en ce petit samedi matin. Ça me fait du bien de connaître une personne comme toi qui me comprend autant. Juste pour la façon que tu as d'être là pour moi, de me toucher comme rarement je l'ai été (je pourrais presque dire comme jamais), j'ai envie de te suivre.

Avec toi, j'existe d'une autre manière, d'une façon plus vive, plus brute. Tu réveilles tous mes neurones, et mes hormones aussi! Jeudi soir, j'aurais passé la nuit dans ton auto à te faire l'amour. Tu embrasses tellement bien. Ton odeur qui se mélangeait à celle du vin, mmmmm… je suis encore étourdie par ces doux arômes si sensuels.

C'est drôle qu'on s'écrive plutôt que de se parler au téléphone. Mais je raffole de cette correspondance, elle est devenue une drogue pour moi. Et en plus, je pense qu'on s'ouvre plus quand on s'écrit. De toute façon, à bien y penser, je ne vois pas comment je pourrais te parler au téléphone de chez moi. Mission impossible.

J'adore tes capsules où tu me laisses entrer dans ta vie. Je t'imagine parfaitement (surtout après l'imitation de Philippe) en plein rush, avec toute ton équipe. Tu sembles t'en être bien sorti finalement. J'ai bien hâte de voir ce clip; il va falloir que tu m'avertisses lorsqu'il passera car je n'écoute jamais Musique Plus.

De mon côté, malheureusement, ce n'est pas aussi rose. Ça ne va pas du tout avec Laurent. Il me trouve bien silencieuse et il ne cesse de me questionner. Il se demandait pourquoi j'étais rentrée si tard jeudi soir (ce qui n'est pas vraiment dans mes habitudes). Il n'avait pas l'air de me croire lorsque je lui ai dit que j'étais allée au théâtre avec Max. Je ne suis pas la meilleure menteuse en ville.

On dirait vraiment que je vis une double vie. Une vie fictive où tu prends toute la place et une autre tout à fait normale où je fonctionne comme un automate. Pour reprendre une de tes images, le soleil que tu es accentue les ombres de ma vie de couple. C'est désolant d'en arriver à de telles conclusions, mais c'est comme ça que je me sens.

Je pars faire des courses au marché Maisonneuve avec mon frère Simon. Ensuite, petite randonnée de vélo dans le quartier à la recherche d'un duplex pour Simon.

Et oui, c'était la première fois pour moi aussi, dans une auto. Et si un réalisateur pense à tout, est-ce que ça veut dire que celui-là avait planifié son coup?!!

Bon, je file.

Flavie

◆

De : leclairdavid@yahoo.ca
Le samedi 12 juillet, 13 h 31
Objet : Double vie

Quatre heures du matin, je suis rentré à quatre heures du matin! Les oiseaux commençaient à chanter, et ça, je ne suis pas capable. Après avoir fermé l'Île Noire, on a changé de place, on est allés chez le gérant, qui demeure juste à côté, sur Sanguinet. Ce n'est pas un mal de tête que j'ai, c'est un cerveau qui veut sortir d'une tête.

Ouais, je comprends que ce ne soit vraiment pas évident pour toi. Mais si tu te sens prête à vivre une nouvelle vie, la mienne t'attend les bras ouverts. Et non, pour répondre à ta question, je n'avais pas prévu le coup, mais alors pas du tout!

Tu es tellement irrésistible, tu me fais fondre. Je viens juste de regarder le petit bout de film que j'ai fait sur le belvédère. Il manquait un peu de lumière, mais tu es très, très jolie. À l'écran, tu ressembles un peu à Sophie Marceau (mais en moins pincée), une Sophie Marceau avec des taches de rousseur. Est-ce que tu vas vouloir jouer dans mon film ?

Moi aussi, il faut que j'aille m'acheter de la bouffe. Je pourrais peut-être aller au marché Maisonneuve (joke). Ma mère est passée tantôt. Elle a capoté en ouvrant le frigo. Elle pense que je me nourris seulement de bière. Le pire, c'est que c'est la bière de Phil, il n'arrête pas de remplir mon frigo chaque fois qu'il vient chez nous. On dirait qu'il a peur qu'il y ait une pénurie.

Je suis heureux de te faire du bien. Tu sais, ce n'est pas trop difficile de rayonner lorsqu'on est avec toi. Tu es dans mon ventre, dans ma tête, dans mon cœur, je t'ai dans la peau pas à peu près. Et c'est beau ce que tu m'écris.

Un déjeuner au lit avec toi ? J'en rêve.

J'ai hâte de te voir.

P.-S. Au sujet du clip, je vais l'avoir sur VHS, je vais donc pouvoir te le montrer la prochaine fois qu'on se verra.

✦

De : leclairdavid@yahoo.ca
Le dimanche 13 juillet, 15 h 04
Objet : Hello ?

One, two, check. Is anybody there ? Flavie, vous êtes encore en vie ? Répondez. À vous.

De: flavie.valois@sympatico.ca
Le dimanche 13 juillet, 16 h 11
Objet: Salut le smatte

Oui, Flavie est toujours en vie et son chum aussi. Je veux juste t'aviser d'une chose, bonhomme: tiens-toi loin de Flavie si tu veux continuer à marcher sur tes deux jambes pis à faire tes petits films de philosophe raté. Jusqu'à preuve du contraire, Flavie sort avec moi. Et surtout, tu viens de lui envoyer ton dernier message, à moins que t'insistes pour avoir de gros problèmes.

✦

De: flavie.valois@sympatico.ca
Le lundi 14 juillet, 18 h 03
Objet: Le choc

Laurent sait tout. Oui. Tu as bien lu.

✦

De: flavie.valois@sympatico.ca
Le lundi 14 juillet, 18 h 37
Objet: Le crash

Gros crash. Laurent est anéanti, complètement détruit. Dimanche, en rentrant à l'appart après avoir passé la journée au FoulArt, je croyais que j'étais seule, mais à ma grande surprise j'ai découvert Laurent assis dans le salon, les yeux tout rouges, qui fixait le plancher. Les premiers mots qui sont sortis de sa bouche: «C'est qui, David?» Tu ne peux pas t'imaginer le vertige qui m'a pris. J'ai éclaté en sanglots. Pas lui.

Il a lu toute notre correspondance. Il a découvert mon mot de passe (Maya) et il a tout lu. Je viens de changer de mot de passe.

Le mal que je lui ai fait est inimaginable. Je n'ai jamais rien vécu de tel dans ma vie. Hier, j'avais envie de te parler, de savoir que tu étais toujours là. Mais je n'ai pas eu la force de t'appeler et je ne me suis pas risquée à t'écrire.

Je suis épuisée d'avoir tant pleuré. Laurent a passé par tous les stades. J'ai vu un Laurent hyper-émotif. Hier, il m'a piqué une crise de nerfs pendant une bonne heure. Il faisait les cent pas dans le salon en me criant des questions du genre: «Comment pouvais-tu continuer à dormir dans le même lit que moi après avoir baisé avec ce gars-là?» Sa crise s'est terminée par une crise de larmes. Je n'ai jamais vu Laurent pleurer ainsi. Couché en petite boule dans le lit et pleurant en haletant.

Il y a une telle lourdeur dans l'air. L'appart est sombre, on n'allume plus les lumières comme si on ne voulait pas se voir dans cet état. Quand Laurent me regarde avec son air d'animal traqué, j'aimerais pouvoir tout recommencer, ne jamais lui avoir fait ce mal.

Bizarrement, le fait de vivre quelque chose d'intense avec toi n'enlève rien à Laurent. Mes sentiments pour lui sont différents, mais profonds. Je l'aime peut-être d'une façon moins passionnée, moins exaltante, mais je l'aime quand même beaucoup.

Je ne me comprends plus. Est-ce qu'on peut aimer deux hommes en même temps? Suis-je désaxée ou simplement très égoïste? Eh que c'est dur d'être en couple!

Nous avons l'air de deux chiens piteux dans une cage. Nous parlons beaucoup et il essaye de comprendre ce qui a bien pu se passer durant ces quequels semaines où toute notre vie a basculé. La nuit dernière, il s'est réveillé en pleurant et m'a demandé si ce n'était pas juste une sonnette d'alarme nous avertissant de changer quelque chose dans notre couple. J'avais envie de dire oui mais, quand j'ai pensé à toi, je n'ai pu. Je me sens comme si on m'avait arraché le cœur.

David, j'ai besoin de savoir que tu es toujours là. J'ai hâte de te voir et de te parler. Je ne sais pas quand, mais on finira bien par se voir un jour.

Flavie, enfin, ce qu'il en reste…

◆

De : leclairdavid@yahoo.ca
Le lundi 14 juillet, 23 h 47
Objet : Ayoye !

Je capote. Est-ce que tu savais que ton chum m'a écrit un courriel? Content de savoir que tu as changé de mot de passe. Je n'osais pas t'écrire.

Qu'est-ce qu'on fait? J'ai un peu paniqué quand j'ai lu le message de Laurent, mais encore plus quand j'ai lu les tiens. Qu'est-ce que tu vas faire?

Oui, je suis là, Flavie. Je n'ai jamais été autant là. Je veux t'aimer comme personne ne t'a jamais aimée. Je suis complètement imprégné de toi, rempli de toi.

C'est un signe, les destins ont eu un accident pour nous rapprocher. Ma porte est ouverte. Tu peux venir chez moi n'importe quand si tu ne veux pas rester à ton appart. D'ailleurs, je veux que tu viennes chez moi ce week-end pour décompresser. J'insiste. Je vais m'occuper de toi. Je vais te faire une bonne bouffe. On va manger sur ma terrasse, on regardera le soleil. Tu vas voir qu'il est encore là. Et j'oserais ajouter: plus que jamais, peut-être.

Tu as l'air tellement désemparée, appelle-moi dès que tu peux.

Je t'aime.

◆

De: flavie.valois@sympatico.ca
Le mardi 15 juillet, 12 h 15
Objet: Quoi?!!

Laurent t'as écrit? Ayoye! Il ne m'a pas dit ça! Je ne veux surtout pas lire son message. C'est vraiment l'enfer…

Merci d'être là et merci pour les fleurs, David. Tu es d'une telle délicatesse. Je viens tout juste de les recevoir. J'ai essayé de te téléphoner, mais ça ne répond pas. J'aurais bien aimé te parler. Passe-moi un coup de fil si tu peux, aujourd'hui. J'ai vraiment besoin de t'entendre. Je vais être chez moi car je prends l'après-midi de congé ; je ne me sens pas très bien.

Ça fait deux jours que l'abcès est crevé. Je survis péniblement, mais je survis. Je passe le plus clair de mon temps à calmer cette grosse bête noire de mélancolie qui veut ressurgir à la surface. Quand je quitte l'appartement, le matin, je me serre les dents jusqu'à mon retour pour étouffer mon cri.

Laurent est parti ce matin aux îles Mingan dans le nord du Québec. Il travaille sur une affaire de trafic de drogue. Il revient lundi. Cette semaine, il est passé par tous les stades : crise de nerfs, de larmes, froideur extrême, et je-m'en-foutisme total. L'enfer.

J'ai envie de vomir ma vie. Tout s'embrouille. Je me sens sale, déchirée. Je suis morte. J'ai hâte de revenir à la vie. Comment se refait-on une vie ?

Au moins, ton message me réchauffe le cœur. Il me redonne un brin d'espoir. C'est gentil, ton invitation, mais en ce moment je ne me sens pas la force de sortir. J'ai besoin d'être chez moi, dans mes affaires, ça me sécurise. Par contre, tu peux venir faire un petit tour chez moi, si tu veux.

Appelle-moi.

Flavie

De : leclairdavid@yahoo.ca
Le mardi 15 juillet, 18 h 21
Objet : Impossible

J'aimerais bien te téléphoner, Flavie, mais je n'ai pas ton numéro à la maison.

◆

De : flavie.valois@sympatico.ca
Le jeudi 17 juillet, 22 h 03
Objet : Chute libre

Mes pas résonnent sur la planète en même temps que des millions d'autres et pourtant je me sens seule au monde. C'est comme si j'étais dépossédée de tout ce qui constitue mon être, comme si j'avais perdu mon esprit. Je suis vide, lasse. Mes collègues ne me reconnaissent plus. Je marche dans la rue sans rien regarder autour de moi. On dirait que je suis devenue quelqu'un d'autre, aux antipodes de ce que je suis. Rien ne me touche, ou plutôt tout me touche trop.

Je m'excuse d'être dans un état d'esprit aussi noir. La vie est si immense, si complexe, mais moi, je me sens si vide…

◆

De : leclairdavid@yahoo.ca
Le vendredi 18 juillet, 9 h 42
Objet : Lâche pas

Pauvre Flavie,

Je suis là, lâche pas. Comme j'aimerais pouvoir te serrer dans mes bras, te consoler. Moi, je suis rempli de toi, tous les pores de ma peau te respirent, attendent ta peau.

J'aurais le goût d'aller te voir au centre mais j'imagine que ce n'est pas le moment.

Appelle-moi sur mon cellulaire dès que tu peux.

Je t'aime.

◆

De : leclairdavid@yahoo.ca
Le samedi 19 juillet, 10 h 25
Objet : Syncope

Quand ton frère est entré chez toi, j'ai failli faire une crise cardiaque. Le pire, c'est que je pensais que c'était ton chum! Ça m'a pris un peu de temps avant de comprendre. Des secondes qui m'ont paru une éternité. Quand tu as dit « Simon », je me suis remis à respirer. C'est drôle, ça ne me tentait pas de me faire casser la gueule. Disons que ton frère n'était pas des plus souriants. Je crois qu'il n'est pas très sympathique à ma cause. Je ne voulais pas être bête, mais si j'ai décidé de partir, c'est que je ne voulais pas alourdir l'atmosphère encore plus. J'ai fait ça pour te faciliter la vie.

Quand je suis arrivé chez toi, tu avais l'air tellement défaite. Mais, tranquillement, notre complicité renaissait et la magie est revenue. Et elle a opéré pas à peu près! Avec toi, tout mon corps et mon esprit passent à un autre mode, à une autre vitesse.

Nous deux assis par terre en bouffant des mets thaïlandais, ça me faisait penser au film *Nikita* de Luc Besson (l'as-tu vu?), lorsque Anglade est assis par terre avec la fille et qu'ils commencent à s'embrasser la bouche pleine. Je trouve que c'est une très belle scène.

J'ai le cœur plus grand que le mont Royal. J'en veux encore et encore, je ne tiens pas en place. Il y a comme un aimant puissant qui nous attire l'un vers l'autre et qui brise tout ce qui fait obstacle pour qu'on puisse se retrouver.

Merci pour les ailes,

David xxx

◆

De : flavie.valois@sympatico.ca
Le samedi 19 juillet, 12 h 33
Objet : La Nikita d'Hochelaga-Maisonneuve

Aujourd'hui, on dirait que le temps a décidé de prendre son temps. Je suis dans un mood planant, ça fait une éternité que je ne me suis pas sentie comme ça. J'ai encore de la buée dans les yeux. J'aurais bien aimé me réveiller avec ta petite frimousse tout endormie à mes côtés. Mais si tu avais dormi chez moi, on aurait sûrement dépassé les limites…

Dehors c'est grisailloux, il fait frais dans l'appart, Trenet chante. J'aimerais que tu sois encore avec moi, je me sentirais moins seule.

Au sujet de Simon, j'avoue que sa petite visite-surprise n'était pas la meilleure idée du monde. Mais il ne savait rien de ton existence. Je suis très proche de lui mais, comme c'est un des meilleurs amis de Laurent, je ne lui avais rien dit. Ce qui l'écœure le plus, c'est que je lui ai justement caché toute l'histoire. Il ne me comprend pas. Il pense que nous deux, c'est juste un trip. Il me trouve folle de foutre en l'air ma relation avec Laurent. Même si c'est mon jumeau, il ne peut pas comprendre. On se ressemble sur plusieurs points mais, en amour, on n'a pas la même philosophie ni le même bagage.

Moi, je me sens en accord avec ce qui m'arrive. C'est peut-être précipité, mais il n'y a pas de parcours parfait. Depuis que je vis avec Laurent, j'ai toujours essayé de me convaincre de cet amour stable qui se voulait peut-être plus utilitaire au fond.

Hier soir, j'ai senti une fusion, une complicité, qui allaient au-delà des mots que nous échangeons depuis le début de notre histoire. Notre belle histoire.

Le temps file, la vie se faufile, Trenet me demande : «Que reste-t-il de nos amours, que reste-t-il de ces beaux jours, une photo, une vieille photo de ma jeunesse, que reste-t-il de tout cela, dites-le-moi?»

Je t'aime et je réponds à Trenet qu'il me reste toute ma vie, tout l'amour du monde devant moi.

David, je suis complètement en amour avec toi.

Flavie

✦

De : <u>flavie.valois@sympatico.ca</u>
Le dimanche 20 juillet, 21 h 36
Objet : Dimanche gris

Ma mère est passée tantôt. Simon lui a tout dit. Elle essaye de me raisonner, de me ramener vers Laurent. Elle trouve que c'est normal dans la vie d'un couple d'avoir des crises existentielles. Mais, à mon avis, ce n'est pas qu'une simple crise. Elle m'a dit de ne pas prendre une décision sur un coup de tête. Et Laurent qui revient demain, je me demande dans quel mood il est.

Ma mère tient beaucoup à Laurent, qu'elle considère comme faisant partie de la famille, alors ça ne rend pas les choses faciles. Elle m'a rappelé que j'étais sur le point de fonder ma propre famille. Ouf! C'était comme un coup de hache en plein cœur. Venant de ma mère, ça fait plus mal. Elle est un modèle pour moi, elle qui a élevé quatre enfants, qui a réussi à créer une atmosphère familiale basée sur la confiance et des liens solides. Elle qui est encore heureuse avec mon père, quarante ans plus tard.

Lorsqu'elle parle, elle semble avoir la science infuse. Elle a tellement confiance en elle. Dans le passé, elle a toujours réussi à calmer mes angoisses et, peu importe la décision que je prendrai, je sais qu'au fond elle va m'appuyer. Je suis fière d'avoir une mère comme elle.

C'est toujours la flotte dehors. Je vais me mettre en pyjama et arrêter la musique. J'ai besoin de silence. Je veux me vider la tête de tout ce que je sais, de tout ce que j'appréhende pour me replonger dans nos caresses d'hier soir. J'aurais envie de faire dodo avec toi. Ce sera pour une autre fois, j'imagine.

Bonne nuit, mon ange,

Flavie

✦

De : leclairdavid@yahoo.ca
Le lundi 21 juillet, 10 h 25
Objet : Il ne faut pas lâcher

Flavie, tu ne dois pas laisser les autres décider et gérer ta vie à ta place. Tu devrais suivre ton cœur, ton intuition. Surtout à ce stade-ci. Toi et moi, c'est quelque chose de puissant, on ne peut pas laisser tomber ça, on ne peut pas ne pas le vivre. Nous deux, c'est écrit dans le ciel. Ce serait d'aller contre la logique même que de tourner le dos à ça.

Ce qui se passe entre nous, c'est beau, c'est fort et c'est précieux. En ce moment, tu vis une passe extrêmement difficile mais ça va se calmer, il faut laisser la poussière retomber un peu.

Cette histoire, ça me fout un léger down, je t'avoue. Moi qui flyais assez high. En plus, je n'ai pas de projets ces temps-ci. C'est trop tranquille, ça arrive à un mauvais moment, je ne tiens pas en place. C'est ça qui est dur en pub: des semaines de fou où tu n'as pas une seconde à toi, et puis des semaines où il n'y a strictement rien. Tu te demandes même si tu vas retravailler un jour.

Je fais du ménage, j'essaye de m'occuper un peu, mais on dirait que le temps s'est arrêté. Tout est pesant. Tout est vide, tout à coup. Il pleut, le fauve est dans sa tanière, et il continue de pleuvoir sans arrêt comme pour aller avec mon humeur. On dirait que plus rien n'a de sens. Alors que vendredi… rappelle-toi vendredi…

Notre affaire, c'est des montagnes russes mentales. Lâche pas, Flavie, je suis là. Je serai toujours là pour toi.

Courage!

David xxx

P.-S. Et si je t'invitais au resto demain soir? Ou on pourrait aller voir un film, n'importe quoi, question de se changer les idées.

◆

De: flavie.valois@sympatico.ca
Le lundi 21 juillet, 12 h 45
Objet: Malentendu

Salut David,

Je crois que tu n'as pas bien interprété mon dernier message. Je n'aurais peut-être pas dû te parler de ma discussion avec ma mère. Je ne voulais pas te démoraliser.

Tu arrives comme une bourrasque et tu changes toute la perspective que j'avais de ma vie. Ça va très vite, oui, mais l'homme que je découvre en toi m'attire énormément. Pour plein de raisons. J'aime ton côté créateur, exubérant, ton humour, ta sensibilité, ta façon de t'exprimer avec tes mains, ta vivacité d'esprit, ton côté rebelle. Et je me sens bien avec toi.

Je ne sais pas trop où je vais, mais qui le sait? Je veux juste faire les choses correctement avec Laurent. C'est une personne que j'estime beaucoup et avec qui j'ai quand même partagé trois ans de ma vie et beaucoup de beaux moments. Alors je ne veux pas brusquer les choses, tu comprends?

Et je sais aussi que pour toi ce n'est pas facile de me suivre dans mes histoires surtout que, professionnellement, ça tourne au ralenti. Tu es passionné et tu sembles avoir besoin de stimulations constantes dans ton boulot. J'imagine que ce n'est pas évident de composer avec un creux. Mais je suis confiante, tu es la nouvelle star! Tu vas voir, ça va se remettre à bouger d'ici peu. Profites-en pour te reposer un peu.

Pour demain soir, je suis partante, ça va me faire du bien. J'ai envie d'aller faire un tour de vélo, ça te tente? Au fait, t'as un vélo?

Je pense à toi tout le temps,

Flavie

◆

De : leclairdavid@yahoo.ca
Le lundi 21 juillet, 22 h 12
Objet : Conduite antisportive

Salut Flavie,

Je viens de te téléphoner, j'ai pris une chance, mais j'ai eu ta boîte vocale alors j'ai raccroché. Je pense que toi aussi tu m'as mal compris (décidément). Je ne suis pas si déprimé que ça, tu sais. Je suis seulement un peu mélancolo. Et non, je n'ai pas de misère à te suivre dans tes trucs.

Et je comprends absolument ce par quoi tu passes avec ton chum.

J'ai toujours hâte d'être avec toi et je veux juste te rappeler que je suis là pour toi, quoi qu'il arrive. Et te dire, aussi, d'être là pour toi-même. Pour découvrir ce que tu veux vraiment. Je sais que ce n'est pas facile, mais j'ai confiance en toi.

Je vois que tu perçois bien les gens, et merci pour le pep talk. Tu es vraiment gentille de me faire tous ces compliments, ça me touche. Mais surtout, n'arrête pas de me parler de toi : j'aime bien savoir tout ce que tu vis, alors ne te censure pas, s'il te plaît.

Et non, je n'ai pas de vélo. Je sais, je sais, je dois être la seule personne sur la terre qui n'a pas de vélo, mais c'est comme ça. Je suis plus resto que vélo.

✦

De : flavie.valois@sympatico.ca
Le mardi 22 juillet, 5 h 33
Objet : Crash (suite)

5 h 30 du matin. Je n'ai pas fermé l'œil de la nuit. Laurent est rentré hier soir. Je l'ai trouvé changé. Il est cerné et pâle. À son arrivée, il m'a serré très fort dans ses bras pendant un bon moment sans parler ; deux corps souffrant et respirant au

même tempo. Puis on s'est enfermés dans la chambre. On a parlé et pleuré toute la nuit.

On a essayé de trouver la faille dans notre couple, celle par où je me suis glissée pour tomber en amour avec toi. Mais ce n'est pas juste une chose, c'est un amalgame de petits trucs qui ont pris de l'ampleur au fil du temps. On s'éloigne tranquillement, on se parle de moins en moins, et puis un jour on réalise qu'on n'est plus à la même place. Tout ça parce qu'on a cessé de communiquer.

Juste avant que je tombe endormie, il m'a dit : « Je suis vraiment déçu de toi, Flavie. Moi, j'ai toujours été honnête, je ne mérite pas ça. Je pensais que tu étais une fille intègre, il me semble que ce n'est pas toi, de faire des choses comme ça. On avait des rêves et tu les as brisés. Et même si tu voulais qu'on oublie tout, je ne pourrais jamais. »

Je suis exténuée. Je ne sais pas ce que je vais faire. Je ne pense pas rester ici. Ce serait trop difficile et ça n'aiderait ni l'un ni l'autre. Ici, c'est chez lui, le duplex lui appartient. Je vais essayer de me trouver un appart. Ça ne va pas être facile, avec la pénurie de logements, et, en plus, tout est super cher ces temps-ci, mais je trouverai.

D'ici là, je ne peux même pas retourner chez mes parents, c'est trop petit, et Simon a un coloc. Je pourrais peut-être aller chez Gen. Mais elle a un petit 3 1/2. Pfff… Je me sens vraiment désemparée.

Anyway, je vais essayer de dormir une heure avant d'aller travailler. J'avais besoin de t'écrire. Pour le souper, ce soir, tu comprendras que c'est impossible. Il faut que je m'organise et que je fasse mes boîtes. Je te laisse, je pense que Laurent se réveille.

◆

De : leclairdavid@yahoo.ca
Le mardi 22 juillet, 9 h 16
Objet : Le tout pour le tout

Flavie,

Pourquoi ne viendrais-tu pas habiter chez moi ? C'est un 5 1/2, il y a de la place en masse. *Le tout pour le tout*, comme disait une chanson des BB. Tu vas probablement capoter quand tu vas lire ça, mais penses-y. Ce serait vraiment trippant. Je suis sûr que tu serais bien ici. On pourrait se parler en personne au lieu de toujours s'écrire des criss de courriels. Qu'est-ce que t'en dis ?

Pour le resto, si tu changes d'idée, appelle-moi. J'ai très hâte de te voir.

Je suis là,

David

De: flavie.valois@sympatico.ca
Le mardi 22 juillet, 12 h 33
Objet : Ayoye !

Salut David,

Je suis chez Gen. Je lui fais part de ma nouvelle situation de sans-abri. Elle est un peu en état de choc. Je vais passer la semaine chez elle, j'ai besoin de réfléchir.

Effectivement, je capote par rapport à ton invitation. Je ne sais pas si je suis prête pour ça. Au fond, on ne se connaît pas très bien. Je vais quand même y penser. Merci, tu me fais un bien immense.

Pour ce soir, je ne peux vraiment pas, il faut que je trouve une solution pour le logement. Et je veux reparler à Laurent. Mais on pourrait se reprendre demain soir. On pourrait aller souper au Sans Menu, sur Notre-Dame, à Saint-Henri. Tu connais ? C'est très sympathique.

Bon, il faut que j'y aille, je retourne au FoulArt.

Je pense à toi et je t'embrasse,

Flavie

◆

De : leclairdavid@yahoo.ca
Le mardi 22 juillet, 16 h 43
Objet : Rock'n'roll

Ouais, décidément, c'est rock'n'roll, ton affaire. Ça me fait plaisir d'être là pour toi. J'ai hâte de te voir.

En fait, je n'en peux plus. Disons que je repense souvent à la dernière fois…

Le resto Sans Menu, est-ce que c'est un sans table et sans vin ? (Joke plate.) Appelle-moi ou écris-moi pour me donner l'adresse et l'heure.

◆

De : flavie.valois@sympatico.ca
Le jeudi 24 juillet, 00 h 01
Objet : Au Sans Menu avec toi

Wow ! Quelle soirée ! Assise près de la fenêtre à l'heure bleue, je te regardais et t'écoutais me remonter le moral. Je crois que tu as réussi. Du moins pour la soirée…

Tu m'as emmenée dans ta bulle de verre. Tu m'as fait rire. J'adore ton petit tic qui fait sursauter ton épaule lorsque tu t'enflammes. Tu es pissant et tu ne t'en rends même pas compte ! Et quand je suis sortie des toilettes et que tu m'as plaquée contre le mur pour m'embrasser, j'ai fondu. Mon corps tout entier t'appelait. Mes sens se sont réveillés instantanément. C'était tellement bon, j'en aurais pris plus. Beaucoup plus…

Ce soir, je me sens plus sereine. Plus certaine d'avoir prise la bonne décision. Je te devine un peu plus à chaque message, à chaque rencontre, à chaque sourire. Je crois que je pourrais te parler jusqu'à la fin des temps. J'ai envie de partir à la conquête de la planète avec toi. De courir comme une malade dans les champs verts d'Irlande. David, mon sac à dos est prêt. Je veux partir avec toi. Je pense que la vie nous appelle.

Lorsqu'on discute ensemble de notre passion pour les arts, de la vie, je trouve qu'on se rejoint dans notre désir de créer, de réinventer la vie. J'ai envie de créer avec toi, de créer des émotions, des images, des histoires, notre histoire. Je veux vivre comme jamais. J'ai envie de ne plus avoir peur de rien.

Et j'ai vraiment envie de toi.

◆

De : leclairdavid@yahoo.ca
Le jeudi 24 juillet, 11 h 34
Objet : Mon âme plane (pour paraphraser ton préféré)

Hier soir, j'ai vu un soleil dans une robe-soleil. Tu es sensuelle, c'est incroyable. Tu me souffles. J'aime tellement ça te caresser, c'est sublime. Et tu es irrésistible lorsque tu m'arrêtes en pleine conversation pour savourer ton Daniel Bélanger.

J'étais comme dans un autre monde. Je te découvre chaque fois un peu plus et j'ai découvert un quartier que je ne connaissais pas. C'est bizarre, on croit tout savoir de sa ville, mais il y a des coins cachés vraiment trippants qu'on découvre avec le temps. Je me sentais comme un touriste. De mon côté, j'ai hâte de te faire découvrir le Mile-End et Outremont.

Prends ton sac à dos et viens chez moi. Sérieusement, as-tu repensé à ma proposition? Tu pourrais au moins y rester avec moi en attendant de te trouver quelque chose. Surtout que tu m'as dit que ce n'est pas évident d'être dans les trucs de Geneviève.

Penses-y. Et pense à moi. Moi, je ne fais que ça, penser à toi.

Je sais que tu vas porter tes trucs dans un entrepôt en fin de semaine, mais si ça te tente de prendre l'air, appelle-moi, on pourrait aller se promener sur le mont Royal ou quelque chose dans le genre.

Je suis avec toi, je t'aime, je trippe.

✦

De: flavie.valois@sympatico.ca
Le jeudi 24 juillet, 21 h 42
Objet: Pour mon planeur

David,

Moi aussi, je t'aime, et tu me fais voler. On vient juste de se parler il y a à peine une heure. J'ai essayé de te rappeler à l'instant mais ton cellulaire est fermé. J'ai repensé à ta proposition. C'est fou, mais j'accepte! Incroyable! Je n'ai pas fait de folies comme ça depuis des années.

Je sens que ça va brasser les gens autour de moi. Déjà, mes parents ne comprennent rien à ma rupture, Simon non plus, Max pense qu'ils s'agit d'une crise de la trentaine et mes autres frères n'osent rien dire. Seule Geneviève comprend cette folie. Tous les autres vont tomber de haut quand ils vont savoir que je vais chez toi.

Ce week-end, c'est confirmé, je déménage mes boîtes avec mes parents et Simon. Je vais les entreposer le temps de me trouver un appart. Merci pour ton hospitalité. Ça va être bizarre de me réveiller avec toi. Au fait, on n'a jamais dormi ensemble. Ayoye! Ça se peut pas!

Laurent n'est pas au courant que je vais chez toi. Une autre cachotterie… Je n'aime pas ça mais je n'ai pas le choix. De toute façon, il ne comprendrait pas (moi-même je ne suis pas certaine de comprendre). Il croit que je vais rester chez Gen.

Je retourne chez moi faire mes dernières boîtes. Ah oui: j'ai oublié de te demander si ça te dérangeait que j'emmène Maya avec moi. Même si elle est énorme (c'est un mélange de bouvier et de labrador), elle ne prend pas beaucoup de place, elle épouse la forme du premier tapis qu'elle rencontre.

Pour la promenade sur le mont Royal, je ne pense pas avoir le temps. Je vais être dans le jus. Je pense bien arriver chez toi lundi en fin de journée. Je te passerai un coup de fil ce week-end. S'il te plaît, ne téléphone pas chez moi…

Je t'aime, mon fauve, mon fou et je compte les minutes qui nous séparent.

Flavie

◆

De : leclairdavid@yahoo.ca
Le vendredi 25 juillet, 10 h 22
Objet : Au paradis

Je comprends tout et je comprends que ça rock pas à peu près. J'ai super hâte, je suis comme un ti-cul la veille de Noël. Le chien? Ayayaye! Je l'avais complètement oublié. Disons que je ne suis vraiment pas de type chien (certains ne seraient pas d'accord) mais bon, allons-y, tant qu'à vivre de nouvelles expériences… Je n'ai jamais vécu avec un labrador, mais j'imagine que je vais m'y faire.

Dormir avec toi, j'en rêve. C'est le fun de ne pas être en avion et d'être dans les nuages.

Oups… Je viens de recevoir un coup de fil de Jacques, mon producteur, il veut me voir lundi matin, première heure. Il était bizarre au téléphone, je n'aime pas ça. J'espère qu'il ne m'annoncera pas de mauvaises nouvelles. J'ai un peu rué dans les brancards lors du dernier projet, j'ai l'impression que certains n'ont pas apprécié. Tu sais, je suis un type un peu particulier et je ne fais pas l'unanimité. Ça me stresse un peu. Il ne parlait pas fort, il a seulement ajouté: «Je ne peux pas t'en dire plus pour l'instant…» Je pense que je vais lui téléphoner à la maison demain pour en avoir le cœur net.

Pour terminer, voici une autre citation de Christian Bobin, que je lis beaucoup ces temps-ci (faut dire que j'ai juste ça à faire…): «Nous préférons toujours la vie restreinte, la vie tempérée, à ce trait de foudre, à cette intelligence plus rapide que la lumière. Toujours nous préférons ne pas savoir, vivre à côté de notre vie. Elle est là. Elle est sous le buisson ardent, on ne s'en approche pas. Il faut l'imprévu d'un amour ou d'une lecture pour que nous allions y voir. Il faut que cette chose — la vie commune, magnifiée — s'empare de nous par surprise, par erreur presque, par défaut. Il faut que la vie nous prenne comme ferait un voyou, par terreur, par surprise. Sous l'effet d'une terreur de l'amour ou de l'enfance.»

✦

De: flavie.valois@sympatico.ca
Le vendredi 25 juillet, 19 h 21
Objet: Bobin

En tout cas, ces temps-ci, je n'ai pas l'impression de vivre à côté de ma vie. Oh que non! Je suis avec elle sous le buisson ardent. Et je souhaite de tout mon cœur qu'elle continue de me prendre comme ça, par erreur…

Plus que quelques jours avant notre cohabitation. Je suis certaine qu'on va se faire tout un réveillon! Lundi soir, on se fait un super souper et c'est moi qui cuisine. Tu aimes le pesto? Pesto maison concocté par Miss Valois elle-même. Je m'occupe de la bouffe et du vin. Ça te va?

Pour le chien, tu vas voir, tu vas t'habituer. Je te parie que tu vas même t'ennuyer lorsque j'aurai trouvé un appart. J'avais oublié de te dire qu'elle dort toujours dans le lit. Mais on pourra faire un compromis et lui permettre le tapis. À moins que tu ne tombes en amour avec elle aussi.

J'espère que ce n'est pas trop grave, ton affaire. Tu n'as pas besoin d'une mauvaise nouvelle dans ta vie. Ça me surprend lorsque tu dis que tu ne fais pas l'unanimité auprès de tes collègues. Je ne t'imagine pas du tout comme ça. Avec ce que je connais de toi, je t'imaginais plutôt du type bouffon-leader. Mais lorsqu'on est fonceur et déterminé comme toi, on fait peut-être peur aux autres. J'ai hâte de découvrir toutes les facettes de ta personnalité. L'être complexe que tu es doit avoir toute une palette de couleurs.

Ce soir, je suis allée souper chez mes parents. Mes trois frères étaient aussi de la partie. J'ai eu droit au discours moralisateur de mon père, lui qui a toujours cherché à me protéger. Il ne comprend pas du tout ma décision. Il la respecte mais je vois bien que ça le bouleverse. Ça m'a fait de la peine de le voir comme ça.

Quant à mon frère Simon, il me fait la baboune. Il a eu la version de Laurent et il m'en veut. J'espère que ça va se calmer et que les choses vont rentrer dans l'ordre bientôt. J'ai souvent pensé aux autres, mais je ne peux pas toujours être mère Teresa. J'ai envie de penser un peu à moi.

Je n'ai pas deux minutes. Au FoulArt, je suis dans le jus. La pièce est presque terminée et on travaille aux décors. Les jeunes sont gonflés à bloc. J'ai hâte que tu voies la pièce. On la présente les vendredi 8 et samedi 9 août. Je te réserve combien de billets?

Je vais prendre une bière avec Gen et son amie Mathilde, une amie française qui est arrivée tout à l'heure. Elle va passer deux semaines chez Gen. Ça tombe plutôt bien que je parte. Je vais dormir dans le salon jusqu'à dimanche.

Je te donne un coup de fil en fin de semaine. J'espère que tu pourras parler à ton producteur.

Passe un beau week-end.

Je t'aime,

Flavie

De : leclairdavid@yahoo.ca
Le dimanche 27 juillet, 14 h 40
Objet : Le père Noël est en retard

Hello Flavie,

J'ai eu ton message. J'étais parti m'acheter de la bouffe et j'avais oublié mon cellulaire. Merci pour le mot d'encouragement. J'aurais aimé t'encourager moi aussi, tu as l'air dans le jus. J'ai vraiment hâte de t'accueillir ici ; en fait, je peux à peine y croire. Tout seul dans mon appart, j'attends la sans-abri et son chien.

Je suis passé à la galerie de ma mère tantôt et je lui ai dit qu'une fille s'en venait vivre chez moi. T'aurais dû lui voir la face. Elle a écarquillé les yeux sans bon sens. Elle n'a pas voulu émettre de commentaires, mais elle semblait sceptique.

Je m'emmerde un peu. Phil est parti en camping avec sa gang numéro deux. Une chance qu'il y a du tennis à la télé. Je trippe sur Agassi, quel athlète !

Je suis heureux que tu te tiennes debout devant les réactions de ta famille. Quand je vois ce que tu vis, je suis presque content d'être enfant unique. Bouffon-leader ? Oui, je pense que je le suis à mes heures, mais je suis perfectionniste et il y a des choses que je n'accepte pas, et je dis toujours ce que je pense, ce qui ne plaît pas à tout le monde.

Un chien dans mon lit???!!!! J'espère que c'est une joke que tu fais!!! Je ne veux pas te décevoir, mais je ne crois pas pouvoir tomber en amour avec un chien. En tout cas, pas dans cette vie-ci. Accepter ton chien, oui, mais tomber en amour, mmmmm... pense pas. Déjà que je suis en amour avec sa maîtresse.

Pour la bouffe, qui refuserait une offre pareille? Mais pour ce qui est du vin, je m'en occupe. Tu vas comprendre lorsque tu seras chez moi.

Dire que j'ai hâte que tu sois ici serait un euphémisme. J'ai hâte de retrouver ton corps, ton sourire.

Donne-moi des nouvelles.

David

✦

De : leclairdavid@yahoo.ca
Le lundi 28 juillet, 12 h 34
Objet : Urgent

Flavie, assis-toi : je m'en vais tourner à Miami! Oui, tu as bien lu! Et je pars... ce soir!!! Je capote, je n'en reviens pas. Ça ne se peut pas, un timing pareil!

Au moment où ma vie fait un virage de 90 degrés à droite, elle en fait un autre à gauche tout de suite après. J'ai essayé de te joindre au FoulArt, on m'a dit que tu étais partie dîner à l'extérieur. Appelle-moi sur mon cellulaire dès que tu liras mon message.

C'est hallucinant, c'est un rêve pour moi de tourner dans cette ville. Je vais filmer des scènes de nuit comme dans les gros films américains, imagine! Je remplace au pied levé (c'est le cas de le dire) un réalisateur qui a des problèmes de santé et qui ne peut pas y aller. Il s'agit d'une pub pour une carte de crédit. Ma maison de prod a mis le paquet pour me vendre et ça a marché même si j'ai quatre fois moins d'expérience que lui. C'est pour ça que Jacques ne m'en a pas parlé, il n'y avait qu'une chance sur dix qu'on me choisisse et il ne voulait pas que je sois déçu.

La vie qui tournait au ralenti depuis quelques semaines vient de changer de vitesse tout d'un coup. Je suis speedé à l'os, je fais mes valises en ce moment. Je ne suis pas encore arrivé là-bas et nous sommes déjà en retard sur l'horaire. Je suis en repérage demain matin à… sept heures!

Décidément, la vie nous joue de drôles de tours. Des fois, on dirait qu'elle fait tout pour qu'on soit ensemble et d'autres fois, qu'elle fait tout pour nous en empêcher.

Le bon côté (j'essaye de me convaincre), c'est que tu vas avoir un grand appartement pour toi toute seule. Tu vas pouvoir reprendre ta vie en main tranquillement. Je reviens le 10 août. Je vais t'envoyer les clés et mon adresse au FoulArt par courrier, cet après-midi. J'ai un stationnement à l'arrière. Tu passes par la ruelle entre le dépanneur et la boutique de vêtements. Tu ne peux pas manquer la porte. Sur la clôture, c'est écrit, en gros : « Attention, réalisateur méchant » (une idée de Phil, évidemment, lors d'un cinq à sept mémorable que je te raconterai en revenant).

Ayoye ! Attachons notre tuque avec de la broche !

Appelle-moi,

David

✦ ✦ ✦

De : flavie.valois@sympatico.ca
Le lundi 28 juillet, 22 h 55
Objet : De chez toi

À l'heure qu'il est, tu dois être encore dans l'avion. Je ne sais pas si tu auras l'occasion de prendre tes messages en arrivant, mais je tenais à t'écrire un petit mot. Après t'avoir parlé aujourd'hui, j'ai bien failli changer tous mes plans. Ça m'a un peu secouée tout ça.

Tu vas vivre une expérience inouïe, j'en suis certaine, mais quel timing bizarre ! On dirait que tous les éléments jouent contre nous pour nous séparer. En plus, tu vas manquer la pièce de mes jeunes, c'est dommage.

Je trouve ça étrange de me retrouver chez toi sans toi. J'ai pensé aller habiter chez Max à la place mais c'est vraiment trop petit. Je me suis dit que j'allais être mieux ici.

Je suis débarquée vers 19 h 30 avec Maya. J'ai installé mes choses dans ta chambre. Quelle sensation que d'entrer dans ton univers! J'ai eu un petit choc. On pourrait te classer dans la catégorie «minimaliste». Même pas de tapis pour Maya! En tout cas, je ne manquerai pas de lecture avec tous ces magazines. Et ton écran de cinéma-maison fait peur, c'est gigantesque, cette affaire-là! Arrangé de même, tu ne dois pas aller souvent au cinéma.

J'ai scruté toutes les photos collées sur ton frigo. Je t'ai vu sous tous les angles en train de faire le party. Et avec des belles filles en plus! Un vrai appart de gars. Mais je me sens bien chez toi. Je sens ton odeur qui flotte, il y a une belle énergie, c'est calme. Ta terrasse est tout simplement hallucinante: quelle vue sur le mont Royal! Je vais y aller tout à l'heure pour siroter une petite bière à ta santé.

Je suis contente pour toi, David. Tu vas vivre un beau trip. Ça va te donner un boost incroyable pour les prochains mois. J'espère que tu pourras m'écrire, je serai fidèle au poste. J'aimerais bien que tu m'écrives des petites chroniques sur ce que tu vis là-bas.

À bientôt.

De : flavie.valois@sympatico.ca
Le mercredi 30 juillet, 22 h 45
Objet : Allo ?

Es-tu toujours en vie ? Tu dois être dans un méga tourbillon de travail. Je me demande comment tu vas.

Ici, tout est sous contrôle. Je n'ai pas eu le temps de chercher un appart, étant trop occupée avec la pièce de théâtre. J'ai travaillé du matin au soir tous les jours pour aider quelques jeunes. Trois jeunes éprouvent encore des difficultés avec leur texte. C'est stressant, car on présente la pièce dans neuf jours. Je vais être obligée de me tenir dans les coulisses pour faire le souffleur. On a déjà vendu cent billets pour chacun des soirs !

À Montréal, on est en pleine canicule. Il doit faire trente-neuf degrés. C'est insupportable, on suffoque chez toi. J'ai même pensé m'installer sur ta terrasse pour dormir.

Ton téléphone n'a pas arrêté de sonner, mais je n'ai pas répondu. J'imagine que tu n'as pas eu le temps de dire à tes chums que tu partais pour deux semaines. Tu devrais prendre tes messages à distance car, à ce rythme-là, ta boîte vocale sera pleine dans deux jours.

J'adore ton quartier. Je n'ai pas eu beaucoup de temps pour visiter mais, en faisant quelques courses sur Saint-Viateur, j'ai pu fouiner un peu.

J'aime le mélange des différentes nationalités. Toute cette variété de commerces, c'est très différent de mon quartier. Demain, je vais aller travailler en vélo. Comme ça, je pourrai vraiment prendre le pouls de cette partie de la ville.

Donne-moi des nouvelles,

Flavie.

◆

De : leclairdavid@yahoo.ca
Le jeudi 31 juillet, 1 h 20
Objet : Ocean Drive

Allo Flavie,

Nous sommes en pleine nuit. Je n'ai pas pu t'écrire avant, on est dans un rush malade. C'est fou. Je suis coma, je m'en vais me coucher. J'ai lu tes trucs ; content de voir que ça se passe bien.

Effectivement, je n'ai pas eu le temps de dire à personne que je m'absentais ; sauf à ma mère. Même Philippe ne le sait pas, il va l'apprendre par la maison de prod.

Ici aussi il fait chaud (37°). On fait du dix-huit heures par jour. On vient juste de finir le repérage. On est en casting demain, au moins pendant douze heures (!). Nous sommes en retard parce que, le projet ayant failli être annulé, la maison de prod d'ici avait cessé de travailler. C'est débilement trippant mais affreusement exténuant. C'est comme si on me présentait le meilleur gâteau du monde à la fin d'un repas gargantuesque. Mais les gens me traitent comme si j'étais Spielberg, ce qui n'est pas désagréable.

Je te reviens dès que j'ai cinq minutes à moi. Porte-toi bien. Ça va tellement vite et je m'ennuie tellement.

David, exténué

✦

De: flavie.valois@sympatico.ca
Le jeudi 31 juillet, 20 h 43
Objet: Après Seagal, Spielberg!

Bonjour, belle étoile. Tu files à une vitesse folle dans ton ciel floridien. Tu as l'air heureux. Je le suis aussi. J'écoute ton CD de Starsailor (connaissais pas, très bon). Je papillonne dans ton univers de la rue Jeanne-Mance. Reviens-moi vite. Tu me manques. Je t'embrasse. Je te croque. Et je t'aime.

Flavie

✦

De: flavie.valois@sympatico.ca
Le vendredi 1ᵉʳ août, 23 h 57
Objet: Surprise!

Ta mère est passée! Je crois qu'elle s'est inventé une excuse pour me rencontrer. Elle a prétexté qu'elle venait arroser tes deux plantes, ne sachant trop s'il y avait quelqu'un dans l'appartement. J'étais avec Gen lorsqu'elle a sonné. Nous soupions tranquillement sur la terrasse. Je l'ai invitée à se joindre à nous. Elle a pris un verre de vin et nous avons fait connaissance. Quelle belle femme! Dans tous les sens du terme. Physiquement, elle me fait penser à Andrée Lachapelle. Au début, je la trouvais un peu pincée, mais cette impression s'est rapidement effacée. C'était sûrement la gêne. Elle m'a posé un tas de questions. Et j'ai fait de même.

Vous avez le même ton de voix. Et la même manie de vous mordiller le coin des lèvres après avoir raconté une histoire qui vous met en valeur. La fierté nommée Leclair. C'est drôle à voir. Elle m'a parlé de sa galerie d'art à Outremont, de sa recherche de nouveaux peintres québécois, c'est toute une entrepreneure, ta mère! Une vraie femme moderne. Et j'te dis qu'elle l'aime, son p'tit David…

Et toi, ça va? Si tu as deux minutes, tu peux me donner un coup de fil. Je vais être chez toi jusqu'à midi demain. Ensuite, j'ai deux rendez-vous pour des appartements. Des 3 1/2. Un sur la rue Morgan et l'autre sur Nicolet. Les deux sont dans mon quartier. Après, je ne sais pas trop ce que je vais faire.

Je suis un peu déprimée, je me sens un peu esseulée, mais ça va passer, c'est un coup de cafard, j'imagine. J'en ai souvent ces temps-ci mais ils ne durent jamais longtemps. J'ai croisé Laurent chez Simon hier soir. Je ne suis pas restée longtemps, j'étais très mal à l'aise.

J'ai hâte de te revoir la binette. Je te regarde souvent sur ton frigo. Grrrr… j'ai envie de rentrer dans les photos pour aller t'embrasser.

Bonne nuit. Fais de beaux rêves américains.

✦

De : leclairdavid@yahoo.ca
Le dimanche 3 août, 15 h 39
Objet : La folie

Ma chère Flavie, je m'ennuie de toi à me frapper la tête sur les murs même si ici c'est un tourbillon d'enfer et que je n'ai pratiquement pas le temps de penser à rien excepté le tournage. C'est comme si j'étais constamment dans un manège en mouvement et que je doive bouffer, prendre des décisions et dormir dans ce manège qui tourne et qui tourne.

Je viens d'appeler chez moi mais tu n'es pas là. Je n'ai pas eu une seconde avant maintenant. Nous sommes dimanche après-midi, tous les autres sont sur le bord de la piscine mais, moi, j'ai besoin de me retrouver dans ma bulle, c'est une question d'équilibre. Ces temps-ci, je ne peux pas le faire souvent et je trouve ça très dur. Chaque fois que je m'accorde quelques minutes dans ma chambre ou ailleurs, il y a toujours un des membres de l'équipe qui m'appelle ou qui vient me chercher pour régler un truc.

On fait des grosses journées et en plus il faut sortir le soir pour *entertainer* le client. Et, évidemment, tout se passe en anglais, et je n'ai pas l'habitude de travailler avec ces gens-là, bref, c'est vidant.

Au moins, j'en profite pour prendre des prises de vue supplémentaires avec ma bonne vieille Bolex (que tu connais), ça peut faire des belles choses pour un projet futur. Miami est une ville faite pour être filmée, c'est hallucinant, ça groove jour et nuit. Comme on se promène en décapotable, je peux faire des trucs trippants. J'aimerais bien réaliser un clip pour Ariane Moffatt, entre autres. Tu dois la connaître, c'était la claviériste au show de Bélanger que tu es allée voir. J'aime beaucoup ce qu'elle dégage, son univers, ses textes, sa voix.

Nous étions en casting mercredi et jeudi. Tu aurais dû voir ça : les filles ont toutes les seins refaits et les gars ont tous des gros bras bronzés ; il faut chercher longtemps pour en trouver un ou une qui a de l'allure. Dès que les filles entraient dans la salle de casting, la première chose qu'elles faisaient c'était d'enlever leur chandail ! Au début, ça surprend un peu. Le plus gros du travail reste à venir : on est en pré-prod mardi et on tourne mercredi, jeudi et vendredi.

Je n'en reviens pas que ma mère soit allée te rencontrer (je lui avais dit que tu serais là), mais, c'est son style, finalement. J'espère que tu aimes ton quartier d'accueil. Promène-toi si tu as le temps, c'est vraiment un coin le fun. Les parcs sur Bernard sont très beaux, Maya devrait aimer. Si tu veux prendre un café, va à La Croissanterie, angle Fairmount et Hutchison, la terrasse est super cool.

Ce serait tellement agréable si tu pouvais être ici avec moi. Ça me calmerait un peu. Je vis à 300 kilomètres à l'heure, j'ai les yeux grands ouverts (même la nuit). Il se passe plein de choses dans ma tête, j'ai hâte de te parler de tout ça.

Tantôt, j'ai réalisé que nous avions vécu tant de choses, tant d'émotions en si peu de temps, c'est carrément hallucinant. J'ai l'impression que tu as inséré une super ball dans mon corps. C'est comme si tu avais une poupée vaudou et que tu t'amusais à jouer au bolo avec elle.

Je suis complètement dépendant de tes courriels, de tes sentiments, c'est freakant. De toute ma vie, je n'ai jamais été aussi à fleur de peau, aussi fragile, aussi déstabilisé.

I miss you so much. J'ai un trou dans le ventre qui se remplit seulement lorsque je suis avec toi.

Je te transmets un peu de soleil par Internet; de toute façon, il y en a trop ici. Je te laisse, je vais faire une petite sieste avant le souper de ce soir (un autre!). C'est trippant, on va dans les meilleurs restos et ça ne me coûte rien (bien entendu). Je suis plongé dans la vie des gens riches et célèbres pour deux semaines.

Porte-toi bien. Je suis avec toi de tout mon cœur.

David

◆

De : flavie.valois@sympatico.ca
Le dimanche 3 août, 21 h 33
Objet : ???

Parle-moi donc de Marie-Claude…

◆

De : flavie.valois@sympatico.ca
Le lundi 4 août, 7 h 01
Objet : Je n'en reviens pas !

Je n'attendrai pas ta réponse, de toute façon, tu vas sûrement me répondre dans deux jours et je suis trop en crisse pour attendre tout ce temps. David, comment as-tu pu me cacher l'existence de cette fille ? Je t'avais pourtant ouvert toutes les portes pour que tu me parles de tes histoires d'amour. Et jamais un mot sur cette Marie-Claude qui a partagé quatre ans de ta vie. Franchement, tu me déçois ! Tu me lèves le cœur !

Je m'apprêtais à souper lorsqu'on a sonné à la porte. J'ai ouvert et, surprise : une belle brune me regarde d'un air méchant. Je n'ai même pas le temps de lui dire bonjour qu'elle me demande qui je suis. Après, elle entre dans l'appart et me demande si je suis ta blonde. Je n'ai pas su quoi lui répondre. Elle a profité de mon hésitation pour sauter une coche. Et moi aussi, j'en ai sauté une !

Elle m'a tout raconté. Elle a déblatéré un paquet de méchancetés sur toi. Je t'en cite quelques-unes : « Il est complètement immature et égoïste, c'est un grand séducteur qui a peur de s'engager. Il est vraiment chien avec moi, ne donnait pas de nouvelles pendant des semaines sous prétexte qu'il doit plonger dans ses projets. Mais il a toujours le temps de voir ses amis et de faire le party, par exemple… » Pas très flatteur, comme portrait. Je suis en état de choc. Si je me fie à ce qu'elle m'a dit, vous baisiez encore il y a un mois et ce, depuis quatre ans ! Bravo !

J'ai fait un trait sur mon ancienne vie amoureuse, je t'ai fait confiance, je me suis ouverte à toi. J'avais l'impression que nous étions sur la même longueur d'onde. Décidément, je me suis royalement trompée. Je me déteste. Comment ai-je pu être aussi naïve ?

Reste dans ton beau Miami avec tes Barbie aux seins refaits et tes Ken. De toute façon, rien ne t'attend ici. Et surtout, ne me rappelle pas. Je n'ai aucune envie d'entendre tes petites excuses

mielleuses. Et je suis très sérieuse! Oublie-moi,
carrément. Tes clés seront sur ta table de cuisine.

✦

De : leclairdavid@yahoo.ca
Le mardi 5 août, 23 h 57
Objet : Cauchemar

Flavie, on se calme. Sacrament! La veille du plus
gros tournage de ma vie, tout de suite après une
pré-prod de six heures, je reçois ton dernier
message. Que je ne mérite pas d'ailleurs, à mon
avis.

Je ne t'ai pas parlé de Marie-Claude parce que je
n'ai pas jugé cette relation importante. Parce que
ce n'est pas une histoire d'amour, justement. Je
ne trouve pas très chic le type de relation que j'ai
avec elle et je n'avais pas l'intention de m'en
vanter outre mesure.

Marie-Claude, c'est une fuck-friend occasionnelle
et ça s'arrête là. D'ailleurs, à voir tout ce qu'elle dit
sur moi, pas besoin de chercher bien loin la raison
pour laquelle on en est toujours restés là. Je ne
suis pas en amour avec elle. C'est une avocate
que j'ai rencontrée lorsque j'ai eu des problèmes
avec une ancienne maison de prod quand je
commençais à faire des clips.

Je suis sûr qu'elle a sauté une coche parce
qu'elle est jalouse. Et je te jure que nous
n'avons pas baisé après la première fois que

nous nous sommes rencontrés, toi et moi. Je ne l'ai pas revue depuis cette fois-là, d'ailleurs. De toute façon, cela ne modifie en rien mes sentiments pour toi.

Je suis vraiment en tabarnak! Elle va savoir ce que je pense d'elle à son tour et ça ne devrait pas lui faire plaisir. Je suis bleu. Je vais essayer de dépomper un peu parce qu'il faut que je dorme, je suis brûlé.

Ne te laisse pas perturber par ça. C'est toi que j'aime, c'est avec toi que je veux être, je pense toujours à toi.

Flavie, je t'aime comme je n'ai jamais aimé.

David
XXX

◆

De : leclairdavid@yahoo.ca
Le jeudi 7 août, 1 h 32
Objet : Cauchemar II

Flavie, tu ne peux pas me faire ça, voyons! Aujourd'hui, durant la pause, j'ai essayé de t'appeler au FoulArt; on m'a dit que tu n'étais pas là. Je veux te parler, je veux t'expliquer. Laisse-moi au moins te donner mon point de vue, tu ne peux pas te fier seulement à elle!!!

De : leclairdavid@yahoo.ca
Le vendredi 8 août, 12 h 32
Objet : Cauchemar III

Flavie, s.v.p., je suis épuisé physiquement et mentalement. Je ne peux pas m'empêcher de penser à toi ; ta réaction.

Mon assistant-réalisateur est un ex-commandant de l'armée et il agit sur le plateau comme il devait agir au combat. Pis le directeur artistique me suce le reste de mon énergie, et en plus ton silence... Toi seule peut me sortir de ce cauchemar.

Je t'en supplie, pense à nous, pense à ce qu'on a vécu, pense à moi. Tu crois vraiment que je t'ai menti ?!! Appelle-moi n'importe quand. Le producteur a mon cellulaire sur lui, même pendant que je tourne.

◆

De : flavie.valois@sympatico.ca
Le dimanche 10 août, 21 h 00
Objet : Bel effort

Je tiens d'abord à préciser que ce n'est pas parce que je t'écris que j'oublie tout. Je suis encore extrêmement déçue de ton comportement. Mais merci pour la captation vidéo. Je ne m'attendais pas à ça du tout. Samedi soir, avant la pièce, quand j'ai vu Philippe, je n'ai pas compris tout de suite.

C'est seulement lorsque je suis entrée dans la salle de spectacle que j'ai vu les trois caméras.

Je suis surprise que tu aies pris le temps d'organiser ça malgré ton tournage. Tu as fait plaisir aux jeunes, ils étaient très impressionnés. Ils te font dire merci.

Flavie

◆

De : leclairdavid@yahoo.ca
Le lundi 11 août, 23 h 02
Objet : Enfin de retour chez moi

Je suis de retour à Montréal, dans mon appartement, là où tu serais supposée être si la vie était logique et ne nous faisait pas des coups de cochon.

Je vois que tu es encore fâchée, mais au moins tu as daigné me répondre. Je suis très content d'avoir fait enregistrer la pièce pour toi. Considère ce geste comme une preuve d'affection inconditionnelle.

Je suis mort, c'est simple. Je vais me coucher sans même défaire mes valises.

Vraiment, tout ce que j'ai vécu ces derniers jours, ça n'a aucun bon sens. Et je ne sais même pas où tu es, où tu vis, c'est une situation assez désagréable, merci.

J'espère que la poussière va retomber bientôt.

Je m'ennuie désespérément.

David

✦

De : leclairdavid@yahoo.ca
Le mardi 12 août, 14 h 53
Objet : Je respire un peu mieux

Ça m'a fait beaucoup de bien de te parler un peu. Je suis content que tu aies pris quelques minutes pour qu'on brise enfin ce silence que je trouvais insupportable. Flavie, c'est vraiment un malentendu hallucinant et qui est arrivé au pire moment. J'ai l'impression que beaucoup de couples qui sont ensemble depuis dix ans n'ont pas vécu le tiers des choses qu'on a vécues.

Je suis vraiment heureux pour toi que tu aies trouvé un appartement. J'aurais préféré qu'il soit dans mon coin, mais la vie n'est pas de notre bord ces temps-ci.

Je suggère que nous allions souper en terrain neutre. Je t'invite. Que dirais-tu de jeudi soir ?

On pourrait appeler ça un nouveau départ.

J'ai vraiment hâte de te voir,

David

De: flavie.valois@sympatico.ca
Le mardi 12 août, 22 h 45
Objet: Ton invitation

Ça me va pour jeudi soir. Donne-moi un coup de fil au FoulArt pour me préciser l'endroit et l'heure.

Flavie

◆

De: flavie.valois@sympatico.ca
Le vendredi 15 août, 00 h 18
Objet: Incapable de dormir sans t'écrire

Bonsoir David,

C'est fou. C'est toi, c'est moi, c'est notre histoire (que je croyais terminée) qui se poursuit. En deux semaines, la vie a fait un tour de 360 degrés. Mais je te retrouve. Intact. Un peu fatigué, peut-être, mais toujours avec cet élan qui me donne le goût de te suivre. Plus que jamais.

Je revois tes grands yeux expressifs et intenses qui me pénètrent. Tes éclats de rire, tes grandes tirades où l'on dirait que tu oublies de respirer. Tes éclats surprises du genre: «Là, je t'embrasserais.» C'est le vrai David que je retrouve.

Merci pour cette soirée au Magellan. Tu m'as fait découvrir un endroit charmant. Marie-Claude a été un gros morceau à digérer, mais là, c'est terminé. Comme je te l'ai répété à maintes reprises ce soir, je préfère connaître tes périodes obscures et me faire moi-même une opinion. Ces surprises sur le tard font toujours plus mal. J'espère que je n'en aurai pas d'autres du même genre.

C'est inouï comme je te sens près de moi. J'essaye de ne plus appréhender la suite de notre relation. Les deux dernières semaines m'ont fait réfléchir. Et j'ai eu très mal, tu sais.

Après notre rencontre, je suis allée sur le belvédère du mont Royal. Celui où tu m'avais emmenée. Si j'ai refusé d'aller coucher chez toi, c'est que j'avais besoin de me retrouver seule. J'avais comme un trop-plein d'émotions. J'ai pleuré en regardant la ville. Je me sentais encore très fébrile. Je me sens barouettée. Le déménagement, la pièce de théâtre... Que de stress!

Simon a arrêté de me faire la gueule. Il a décidé de ne plus se mêler de mes histoires de cœur. Il paraît que Laurent ne va pas tellement bien, mais je n'ai pas plus de détails.

J'ai à la fois envie de pleurer et de rire. J'ai vraiment besoin de dormir. Je suis chez Gen, où je dors dans le salon. Demain, je me repose toute la journée et dimanche je prends possession de mon nouveau nid. J'ai hâte que tu le voies. Il n'est pas très grand, mais ce sera chez moi.

Lorsque je serai installée, j'aimerais bien qu'on puisse partir tous les deux. Est-ce que ça te dirait d'aller faire une randonnée au mont Lafayette? C'est une superbe montagne aux États-Unis. Peut-être le week-end prochain?

J'ai besoin de te voir plus que quelques heures. Et toi?

Flavie

✦

De : leclairdavid@yahoo.ca
Le samedi 16 août, 10 h 53
Objet : Repos

Merci pour ton message. Moi aussi, de mon côté, j'ai réalisé une chose : il y a une connexion incroyable entre nous. Une connexion qui va au-delà du rationnel, une connexion que j'ai de la difficulté à exprimer mais qui est puissante. Et je veux faire partie de ta vie. Coûte que coûte.

Pendant quelques jours, j'ai eu peur de te perdre et je ne pouvais pas imaginer continuer de fonctionner sans toi. Quand on s'embrasse, je décolle, je quitte la terre pour aller rejoindre une autre planète.

Je ne fais rien de la fin de semaine, je suis zombie. Il faut absolument que je recharge mes batteries, d'autant plus que je suis en montage toute la semaine prochaine.

Le week-end prochain? Ça me tente. Ça va sûrement m'aider à me changer les idées et ça va nous permettre de nous retrouver enfin plus que quelques heures. Je ne connais pas le mont Lafayette, mais je fais confiance à une pro.

Si tu as besoin d'aide demain, n'hésite pas à m'appeler. Je suis sûr que Phil serait partant, lui aussi, pour te donner un coup de main. Sinon, appelle-moi cette semaine: aller prendre un verre serait toujours possible.

J'ai hâte de faire l'amour avec toi, il me semble que ça fait un siècle.

David

◆

De: flavie.valois@sympatico.ca
Le dimanche 17 août, 23 h 01
Objet: Chez moi, enfin…

La joie! Je t'écris de chez moi, rue Bennett, de mon ordi fraîchement branché. J'ai mis tout le monde à la porte: Gen, Max, Simon, François et sa nouvelle blonde. Ils m'ont donné un super coup de main. Nous avons fait deux voyages avec le camion de François. Gen rangeait les trucs au fur et à mesure que ça rentrait. Tout est en place maintenant. On dirait que j'habite ici depuis un mois. Nous avons commandé une pizza (la classique!) et bu de la bière en masse. D'ailleurs, je suis un peu soûle.

Merci de m'avoir offert ton aide. Je n'ai même pas eu le temps de te rappeler, j'étais trop dans le jus. Mais ça n'aurait pas été une bonne idée. Ce n'était pas la situation idéale pour te présenter, tu comprends?

J'espère que tu t'es bien reposé et que tu as refait le plein d'énergie pour ta grosse semaine de montage.

J'ai hâte de te voir. Tu pourrais venir chez moi un soir cette semaine.

Je t'aime, je t'aime, je t'aime!
xxx

◆

De : leclairdavid@yahoo.ca
Le lundi 18 août, 9 h 02
Objet : Dernière chose

Vers le milieu de la semaine, pas de problème pour aller chez toi.

Phil a préparé la cassette de l'enregistrement de la pièce. J'imagine que tu aimerais l'avoir en format VHS. Je vais te l'envoyer dans la journée par courrier.

Je te laisse, je suis en retard.

Je pense à toi très fort. Appelle-moi pour me donner ta nouvelle adresse et ton numéro de téléphone. Si je ne réponds pas, laisse un message.

◆

De : leclairdavid@yahoo.ca
Le mercredi 20 août, 19 h 50
Objet : Pénible…

Je vis une semaine extrêmement difficile. Le directeur artistique de l'agence me gosse vraiment et le client est bouché. C'est compromis sur compromis ; le message est devenu très cliché. C'est dommage, car c'est le plus gros spot que j'ai réalisé jusqu'à ce jour mais je n'oserais pas l'inclure dans mon démo.

On dirait que je ne réussis pas à reprendre le dessus, je me sens encore très fatigué mais j'aimerais bien te voir. Demain soir, est-ce que ça t'irait ?

À bientôt, Flavie de mon cœur et de mon ventre et de ma tête.

◆

De : <u>flavie.valois@sympatico.ca</u>
Le mercredi 20 août, 21 h 04
Objet : Vive le grand air

Mon cher David,

Comme tu as l'air fatigué. Le travail te prend toute ton énergie, je te sens à plat. Dis-toi que ce message publicitaire est une expérience en or pour toi. Il ne se retrouvera peut-être pas sur ton démo, mais je suis certaine que tu apprends beaucoup.

Ça ne doit pas être facile de travailler avec une grosse équipe où tout le monde a son mot à dire. Concentre-toi sur ton long-métrage où tu auras toute la liberté de création que tu voudras. Et ce film laissera sûrement une marque beaucoup plus importante que cette publicité.

Ne t'inquiète pas trop, une fin de semaine au grand air te fera le plus grand bien. Ça va être fantastique de décrocher ensemble et de grimper au sommet d'une montagne. Tu vas voir, ça va te donner une énergie incroyable.

Merci pour la cassette. Les jeunes ont trippé. Ils en veulent tous une copie. Penses-tu que tu peux me faire des copies ?

Je t'aime, et moi aussi je t'ai dans mon cœur, dans mon ventre et dans ma tête.

À demain soir,

Flavie xxx

De : leclairdavid@yahoo.ca
Le vendredi 22 août, 10 h 13
Objet : Bulle

Allo Flavie,

Merci pour le réconfort, tu es vraiment sweet. Ça m'a fait un bien énorme de te sentir là pour moi. Je ne suis pas en grande forme et je me trouvais un peu plate, hier soir ; j'espère que ça ne t'a pas trop découragée.

C'est vrai qu'on dirait que tu vis à cet endroit depuis de années. Ton appart a un cachet bien particulier, je sens que c'est toi. Il y a tous ces objets chargés de souvenirs.

Tu es vraie, entière et tu respires le bien-être. Tu es un cadeau dans ma vie. J'aime être avec toi, discuter avec toi ou, au contraire, te coller en silence en écoutant du Sarah McLachlan. Ce sont de petits moments comme ceux-là qui rendent la vie si belle.

Merci pour tout. Merci d'être là et merci d'être toi.

Un David épuisé mais qui t'aime sans bon sens.
xxxxxxx

P.-S. Pizza au bacon, hein ? Je n'aurais pas pensé que tu étais du type pizza au bacon…

◆

De : flavie.valois@sympatico.ca
Le vendredi 22 août, 12 h 31
Objet : De type pizza au bacon et fière de l'être !

Contrairement à ce que tu dis, tu es loin d'être plate. Tu étais plus tranquille, hier soir, mais tu ne manques jamais de couleurs. Ça faisait juste drôle de ne pas te voir aussi exubérant que d'habitude.

J'ai plutôt aimé notre petite soirée presque ordinaire à écouter de la musique, à regarder la cassette de ma pièce de théâtre en buvant du vin. Pour t'endormir sur mon sofa, il fallait que tu sois exténué pour vrai !

C'était une drôle de première nuit. À vrai dire, je n'ai pas très bien dormi. Je t'ai observé pendant que tu dormais. Tes paupières bougeaient sans arrêt, tu devais rêver intensément. Tu filmes probablement même durant ton sommeil ! Ça faisait étrange de t'avoir dans mon lit, blotti contre mon corps. Tu es une vraie bouillotte, j'adore ça.

Ce matin, lorsque tu mangeais tes céréales, tu semblais faire partie du décor, comme si tu venais avec l'appartement. J'ai fait un méchant bon deal, hein ?

J'ai l'impression d'avoir 15 ans et de partir en randonnée pour la première fois. Je ne tiens plus en place. Je t'attends chez moi vers 18 h 30.

Bisous,

Flavie

De: <u>flavie.valois@sympatico.ca</u>
Le lundi 25 août, 8 h 01
Objet: Mon coureur des bois

Avant d'aller travailler, je voulais te remercier d'avoir accepté de faire cette escapade. Décidément, tu as mis beaucoup d'eau dans ton vin pour me suivre, et pas assez dans ta gourde! J'ai constaté toute l'ampleur du terme «urbain». Je croyais que c'était une blague lorsque tu me disais que la région la plus sauvage où tu avais posé les pieds était le mont Royal mais, maintenant, je te crois.

Je te revois encore la tête, après deux heures de marche avec ton gros sac à dos, lorsque tu croyais que nous avions atteint le sommet alors que nous n'en étions qu'au premier tiers! J'ai peut-être un peu surévalué tes capacités. Mais une fois arrivés au sommet, ça valait l'ascension, non? Quelle vue!

Quelle bonne idée j'ai eue de réserver le refuge. Je crois que tu n'aurais pas aimé dormir sous la tente avec cette pluie. Dommage pour notre sac de bouffe, et une chance que c'est arrivé la deuxième nuit. Ce matin, j'ai vérifié dans mon guide de randonnée des Adirondacks et, en effet, c'est le paradis des ours noirs. C'est bête (...) Avoir su, j'aurais attaché le sac plus haut et plus solidement. C'est de voir ta face, lorsque tu as vu notre sac déchiré et vide... j'en ris encore! Il faut s'attendre à tout dans les montagnes, où l'on est sur le territoire des ours. Je vais m'en souvenir, crois-moi.

Comme je pars souvent avec des trippeux de randonnée, j'ai rarement l'habitude de jouer le rôle du gars en randonnée. «Gars», dans le sens de prise de décision et débrouillardise. C'est bon d'inverser les rôles des fois. J'espère que tu as quand même apprécié ton week-end et qu'il t'a fait un peu oublier tes préoccupations de pub.

Notre souper autour du feu restera un moment dont je me souviendrai longtemps. Dans nos regards et nos silences, je me suis sentie très proche de toi. Je t'aime plus chaque fois.

Flavie, ta fée des bois.
xxx

✦ ✦ ✦

De : leclairdavid@yahoo.ca
Le jeudi 28 août, 21 h 45
Objet : Ça y est

Flavie, mon film a été refusé. On a reçu un fax à 18 h 30 pile. Je suis resté figé pendant une demi-heure. Je capote. Mais un autre projet de Jacques a été accepté, alors il y avait vraiment une drôle d'ambiance dans la boîte. Certains trinquaient au champagne et, moi, j'avais le goût de brailler.

Je suis démoralisé. Deux ans de ma vie à l'eau. Crisse que la vie n'a pas de sens des fois. Je n'ai plus le goût de rien, je ne sais pas ce que je vais faire. Je viens de prendre une méchante débarque.

Tu sais, pour justifier tous les compromis que je fais depuis des années, je me disais qu'ils constituaient le cheminement logique à ce que je veux vraiment faire. Mais maintenant, tous mes rêves viennent de disparaître en fumée. L'annonce d'aujourd'hui vient de les anéantir complètement.

Je n'ai plus de projets, plus de but. Je capote. Pis tout le monde m'énerve. On dirait que les gens autour de moi ne comprennent pas l'importance de ce refus ; de ce qu'il signifie pour moi. Pour eux, c'est Leclair qui est dans une mauvaise passe.

J'ai le goût de tout lâcher. Ou au moins de prendre un esti de break. Je ne vois pas comment je pourrais continuer à faire semblant de tripper à faire des pubs.

Ce qui me fait chier, c'est que dans la vie tout est une question d'argent. L'argent te donne la liberté de pouvoir faire ce que tu veux. Quand tu n'en as pas, t'es obligé de faire ce que les autres veulent. C'est peut-être simpliste ce que je dis, mais aujourd'hui ça me rentre dedans en sacrament.

Je suis à bout. Je me couche.

À bientôt.

◆

De : flavie.valois@sympatico.ca
Le vendredi 29 août, 8 h 33
Objet : Un petit mot d'encouragement

Je viens tout juste d'arriver chez moi et je repars à l'instant. Tu dois dormir encore. Je n'ai pas osé te réveiller en partant. On aurait dit que quelqu'un t'avait assommé, tu n'as pas bronché de la nuit.

J'ai encore le cœur lourd de t'avoir vu si défait et si triste. Je suis désolée pour toi, David. C'est un coup très dur que tu viens de recevoir. Repose-toi, pleure, parles-en. Laisse sortir ta peine.

Je ne te connais pas sous toutes tes coutures, mais je suis convaincue que tu vas continuer de te battre. Ton scénario est super bon, Jacques ne t'aurait pas soutenu si ça n'avait pas été le cas. Au fait, qu'est-ce qu'il dit de ça ?

Demain, je remplace Isabelle au FoulArt et dimanche, je dois voir Simon alors, malheureusement je ne serai pas très disponible, mais, tiens : je vais te sortir la semaine prochaine. Dis-moi le soir qui te convient et je te réserve une petite soirée surprise.

Ton amour xxxxxx

◆

De : leclairdavid@yahoo.ca
Le samedi 30 août, 13 h 54
Objet : Ma balloune se dégonfle

Flavie, merci d'être venue, merci d'être là. Je me sens toujours vide, abattu. Et l'automne qui en profite pour arriver.

J'ai les nerfs à vif. Je pense à tout et à rien en même temps. C'est comme si j'avais un chandail de deux tonnes sur les épaules. Et toujours cette pression sur ma poitrine. Je suis stressé mais lymphatique à la fois, je ne sais pas ce que j'ai.

Je ne sais plus du tout où j'en suis dans la vie. C'est la première fois que ça m'arrive et c'est vraiment pas évident. J'ai parlé à Jacques ce matin, je lui ai dit que j'étais même prêt à démissionner. Il a une drôle d'attitude depuis la réponse, je le sens loin, comme détaché.

J'ai atteint un cul-de-sac. Je me suis trompé de chemin quelque part, je me suis perdu. Pis là, il n'y a plus d'indications.

Nietzsche disait qu'il faut «briser la mer gelée», c'est ce que j'ai essayé de faire durant toutes ces années, mais là, on dirait que je n'ai plus ni la force ni le courage. Et avec le temps qu'il fait, la mer est en train de geler de nouveau...

Et je ne file vraiment pas pour une soirée surprise, je m'excuse. Une autre fois, peut-être.

Je ne suis pas très jojo, ces jours-ci, je préfère t'éviter ça. Le loup préfère s'en aller dans la montagne panser ses plaies.

Je suis sûr que tu comprends. Porte-toi bien.

À bientôt.

✦

De: flavie.valois@sympatico.ca
Le dimanche 31 août, 18 h 32
Objet: Le temps arrange les choses

Je comprends ton état d'esprit. Je le ressens. Autant dans tes messages que lorsque je suis avec toi. C'est normal que tu sois encore défait. Donne-toi du temps.

Si seulement je pouvais t'enlever le chandail de deux tonnes qui pèse sur tes épaules et te convaincre que tout va s'arranger, que tu traverses une mauvaise passe, qu'on se ramasse tous dans un cul-de-sac un jour ou l'autre.

Comme j'aimerais t'aider à «briser la mer gelée», mais je comprends, tu as besoin de temps. La louve t'attend. Fais-lui signe de temps en temps.

Elle t'aime aussi. Beaucoup.

xxxx

◆

De : leclairdavid@yahoo.ca
Le dimanche 31 août, 22 h 33
Objet : Et ça continue!

Flavie, tu sais pas quoi?!! Phil est venu faire un tour chez moi tantôt. Il m'a dit de m'asseoir, qu'il avait quelque chose à m'apprendre. Il connaît un gars qui travaille chez Cinéfilm et ça a l'air qu'ils ne pouvaient financer qu'un seul des films que Jacques a présentés et c'est lui qui aurait choisi l'autre!!! Je bous. J'ai essayé de le joindre sur son cellulaire, mais j'ai dû laisser un message. J'en reviens pas que Jacques ait pu faire ça. C'est sûrement un malentendu.

◆

De : flavie.valois@sympatico.ca
Le lundi 1er septembre, 8 h 21
Objet : AYOYE!

Je n'en crois pas mes yeux! J'essaye de te téléphoner depuis une demi-heure et je tombe toujours sur ta boîte vocale. Et ton cell est fermé. Mets-en que c'est un film d'horreur! J'espère que c'est juste une rumeur, Jacques ne t'aurait pas fait ça! Tu dois sûrement être en route vers la maison de production.

Appelle-moi vite.

Je t'aime,

Flavie

◆

De : leclairdavid@yahoo.ca
Le lundi 1ᵉʳ septembre, 13 h 33
Objet : Ce n'était pas une rumeur

J'ai parlé à Jacques tantôt. Esti qu'il patinait. Je pense qu'il m'a vraiment trahi. Il a choisi de pousser le film d'un sacrament de vieux réalisateur has-been juste parce qu'il est allé chercher un humoriste pour un rôle principal. J'en reviens pas, il m'a trahi pour de l'argent! Je suis en état de choc.

Tout est gris, c'est l'enfer. À l'extérieur comme à l'intérieur. Tout me déprime. Je sais que ce n'est pas évident de subir mon humeur, je suis comme un mur de pierres. Tu sais, je ne vais vraiment pas bien. J'ai l'impression que je fais un genre de dépression. Je suis complètement épuisé, sans énergie, défait. Je ne me reconnais plus.

Merci pour ton courriel et pour ton message dans ma boîte vocale. Ça me fait du bien de savoir que tu es là, que tu te soucies de moi. Je m'aperçois que tu es l'une des seules personnes à ne pas me fuir avec Phil, l'irréductible. On dirait que les gens sont allergiques à ceux qui vivent une mauvaise passe.

Les murs se referment sur moi. On dirait que j'ai traversé dans un autre monde, un monde parallèle. Il y a de la neige dans ma tête, comme une télé en panne. Je reste assis sur mon divan à regarder dans le vide. Je ne suis plus là du tout. Je jongle avec les notions de bonheur et de malheur, d'espoir et de désespoir, mais les idées me fuient. On dirait que mes tripes ont été arrachées mais que je survis quand même. Comme un zombie. Je ne sais plus où aller, quoi faire, mes batteries sont à plat. Honnêtement, je me demande comment je vais pouvoir me remettre de ça. Il y avait un avant ça. De quoi sera fait l'après? Je n'en ai aucune idée. Comment je vais faire pour continuer dans un univers dont je sais qu'il n'a plus aucun sens?

Je ne mange plus, je ne sors plus, je ne me reconnais plus.

◆

De: flavie.valois@sympatico.ca
Le lundi 1ᵉʳ septembre, 14 h 01
Objet: Les bleus

Je relis ton dernier courriel et il me donne les bleus. Je te sens loin et distant. Je te le répète, je suis là, plus que jamais. Je vais rester immobile comme un port afin que tu viennes t'attacher au quai le temps que l'orage passe. Ensuite, je me transformerai en matelot pour t'accompagner sur notre bateau. Nous irons faire le tour du monde. Mon sac à dos est toujours prêt.

Dimanche, je suis allée faire de la planche au lac des Deux Montagnes avec Simon et mon collègue François. Journée grise et très venteuse, des conditions idéales. Les vagues déferlaient sur le lac et on devait s'accrocher avec nos harnais. Méchant trip d'adrénaline! Quatre heures non stop à se défoncer et à braver le vent. Simon avait apporté une petite bouteille de blanc avec du saucisson. Prévoyant, le frérot. On a bien rigolé.

La soirée s'est poursuivie au Zest. Gen est venue nous rejoindre et Laurent aussi. Je ne m'attendais pas à ça. Je ne l'avais pas revu depuis un mois. Au début, son comportement froid m'a déstabilisée; il m'ignorait complètement. Mais, plus il buvait, plus il me parlait. Je croyais qu'il allait mieux mais ce n'est pas le cas. Ça me déchire, des moments comme ceux-là. Je suis partie.

Il a sonné à ma porte vers une heure du matin. Il était pas mal soûl. Et moi aussi j'avais bu. Il en avait beaucoup sur le cœur, maudit qu'il m'a fait pleurer. Il me connaît comme personne et sait exactement ce qui me touche. Il a passé une bonne partie de la nuit chez moi. Je crois qu'il avait besoin de ça. Tous les deux, on ressentait un genre de trop-plein ou de trop-vide, je ne sais plus trop.

Je vais essayer de dormir un peu malgré ma tristesse. J'ai pleuré une bonne heure, mais là ça va un peu mieux. Je suis épuisée. J'avais envie de t'appeler, mais je n'ai pas osé.

Courage, David, je sais que c'est difficile pour toi en ce moment, mais je suis là. L'ouragan n'est pas terminé. Accroche-toi. Tu reconstruiras ta vie après et je t'aiderai, si tu veux, à bâtir quelque chose à notre mesure. Ou à notre démesure...

Je t'aime,

Flavie

◆

De : leclairdavid@yahoo.ca
Le mercredi 3 septembre, 21 h 42
Objet : La débâcle

Crisse que le château s'effondre. Tout tombe en morceaux. Et Laurent qui revient dans le décor. Décidément, c'est le bonheur ces temps-ci... Est-ce que vous avez fait l'amour ? J'aimerais autant le savoir...

On dirait que je suis en burn-out. Je pensais à ça ce week-end : ça fait au moins cinq ans que je carbure au même rythme à me prouver, à faire clip par-dessus clip, pub par-dessus pub, et maintenant, je n'en peux plus. Je suis à bout. Physiquement et mentalement.

Étant donné que ça fait deux fois que je présente mon film, je ne peux plus le soumettre de nouveau, il est mort. Il faut que je l'enterre et que j'en fasse mon deuil. Je pense que, symboliquement, je vais mettre le scénario dans une boîte en bois et l'enterrer dans la cour chez ma mère. Pour marquer la fin d'une époque.

Je suis plongé dans Cioran (rien pour m'aider, selon Phil) : « C'est seulement chez un individu plein d'élan, d'aspiration et de passions que les dépressions atteignent cette capacité d'érosion, qui entame la vie comme les vagues la terre ferme. » Voilà, ça décrit bien ce que je vis.

Lâche pas, toi non plus, je vois que l'ouragan est maintenant rendu au-dessus de chez toi. Accroche-toi, ça déménage.

P.-S. Je suis curieux : qu'est-ce que tu me réservais comme surprise ?

✦

De : flavie.valois@sympatico.ca
Le jeudi 4 septembre, 20 h 12
Objet : Petit curieux

J'empruntais la chaloupe de mon père, je l'accrochais à l'arrière de ma Volks, je venais te chercher et nous filions jusqu'à Saint-Mathieu, en bordure du Richelieu. Je t'emmenais ensuite sur une petite île sauvage pour un pique-nique romantique. Voilà, c'était ça, la soirée surprise. Ça t'aurait plu? On pourra toujours se reprendre.

J'espère que tu ne fais pas de burn-out. Écoute, David, tu devrais peut-être aller voir un psychologue. Ton malaise semble profond. Quand on se parle au téléphone, ta voix est éteinte et sans énergie. C'est comme si tu n'avais plus d'émotions. Ce n'est plus le David que j'ai connu et ça m'inquiète.

On dirait que je te laisse de glace. Je sens une distance que je ne comprends pas. J'aimerais être là pour toi, mais je ne sais pas comment. Tu me dis que ça te touche que je sois là mais, en même temps, j'ai l'impression que ça ne te fait pas plaisir. Je ne sais pas trop ce que je peux faire, concrètement.

Et ça me rend triste.

Et oui, malheureusement, j'ai fait l'amour avec Laurent. Je sais que ça doit te rentrer dedans pas à peu près mais étant donné que tu poses la question, je préfère te dire la vérité. Je suis désolée, David. Je me sentais proche de Laurent hier soir, c'est difficile à expliquer… mais je te rassure, c'est de toi que je suis amoureuse. J'espère que tu peux comprendre.

Je suis un peu mêlée mais je t'aime.

Flavie

De : leclairdavid@yahoo.ca
Le vendredi 5 septembre, 11 h 45
Objet : Impuissance

Je pense que j'aurais mieux aimé me faire rentrer dedans par un train. J'en tremble, c'est hallucinant. C'est comme si t'avais tordu mes tripes. Il ne manquait rien que ça dans ma crisse de vie. Qu'est-ce qui m'attend maintenant ? Je vais me faire trahir par ma mère ? Ou par Philippe ? Sacrament ! Comment la vie peut-elle nous faire tant de mal en si peu de temps ? Nous lâcher comme ça ? Tout m'abandonne ces temps-ci : ceux que j'aime, mon énergie, mon espoir, ma drive... J'aurais le goût de pleurer. Une fois, une grosse crise de larmes, pour toutes les fois où je me suis retenu.

Dire que j'aurais pu être en pique-nique avec toi à la place. Avoir su... Mais la vie n'est pas un pique-nique, je suis en train de l'apprendre. Comprendre, tu dis ? Je vais essayer, mais il y a beaucoup de choses dans la vie que je ne comprends pas.

Tu me fais tellement mal. Et au pire moment. Toi qui étais la seule personne à pouvoir me faire autant de bien. Ton idée de pique-nique, tiens : il y a juste toi pour penser à des choses comme ça. Ce souffle, cette fraîcheur, cette joie de vivre, j'en suis jaloux. Je t'aimais pour ça et j'aimais où tu pouvais m'emmener, dans tous les sens. Mais là, c'est comme si ma vie avait été bousillée.

Je quitte officiellement Kamikaze Films la semaine prochaine. J'ai écrit une lettre de démission assez rock'n'roll.

Tu as raison, on dirait que je ne ressens plus d'émotions, comme si je m'étais blindé d'une carapace en béton. Je ne suis plus là dans ma tête. Un psy ? Ouain, peut-être...

David

◆

De : flavie.valois@sympatico.ca
Le vendredi 5 septembre, 21 h 56
Objet : Seuls

Pardonne-moi, David.

Je me sens cheap. Tu sais, c'est vraiment difficile à expliquer, mais ce que je ressens pour Laurent n'a rien à voir avec ce que je ressens pour toi. Quand j'ai fait l'amour avec Laurent, c'était comme pour lui dire que je l'avais beaucoup aimé et que je l'aimais encore à ma façon. Une sorte de caresse d'au revoir. Je ne sais pas si tu peux comprendre. Ça n'enlève rien à ce qu'on vit, toi et moi. Ça doit être bizarre à lire mais c'est comme ça que je me sens. Honnêtement, je n'ai pas voulu te faire de mal, mais je ne pouvais pas te mentir non plus. Je ne pense pas que je t'aie trahi. Et non, je ne t'abandonne pas.

J'ai écrit le paragraphe ci-dessus hier soir, il décrit bien comment je me sens. Encore une fois, on se retrouve au bout du fil, dans le vide, chacun avec sa solitude et ses peurs. Le combat avec nous-mêmes se poursuit. On pensait qu'on s'était endurcis, avec les années, mais on se rend compte qu'on est toujours aussi seuls. Et fragiles.

J'imagine que toi aussi tu te sens comme ça. Tu ne devrais pas t'isoler, David. Je suis là pour toi, quoi que tu en penses. Pourquoi ne viendrais-tu pas passer quelques jours chez moi? C'est à mon tour de t'inviter.

Penses-y.

Flavie xxxxxxx

◆

De : leclairdavid@yahoo.ca
Le lundi 8 septembre, 10 h 28
Objet : Je dois décliner ton invitation

Merci, Flavie, mais je ne peux pas. Je sais ce que je suis en train de vivre et je dois demeurer seul. En fait, il s'agit d'une grosse cicatrice qui s'est rouverte.

Mes parents ont divorcé quand j'avais 14 ans. Pendant deux ans, mon père m'a manqué comme c'est pas possible. À 16 ans, je lui ai demandé si je pouvais aller vivre avec lui. Il a refusé. Il a choisi de tripper avec sa maîtresse. La vie venait de me trahir à tout jamais. J'ai fait un genre de dépression et ma mère m'a fait voir un psy, mais ça n'a rien donné, il me faisait chier, il était nul, j'étais encore plus enragé. Ça m'a pris un an et demi à m'en remettre. C'est la caméra qui m'a sauvé.

Je me suis mis à tourner comme un défoncé, c'était mon seul salut. J'ai mis les bouchées triples, je me suis fait remarquer, j'ai gagné des prix dans des concours. Depuis, ça n'a pas arrêté, ça a été un feu roulant, j'ai tout investi là-dedans. J'ai tout sublimé dans mon métier. Mais là, la brèche s'est rouverte.

Psychologiquement, je suis peut-être fragile et je n'ai peut-être pas bien fait de tout miser sur la caméra mais c'est la seule bouée à laquelle j'ai pu m'accrocher. Durant toutes ces années, ça a été la seule chose qui avait du sens pour moi. Même si ça n'a pas de sens.

Mon film représentait mon seul espoir dans ma crisse de vie. Ça fait dix ans que j'attendais de pouvoir le réaliser. Et là, il y a des estis d'incompétents qui viennent de me tuer, moi.

La mer est noire, le ciel est noir et je ne vois aucune lumière au bout du tunnel.

Je m'excuse, encore une fois.

David

De : flavie.valois@sympatico.ca
Le lundi 8 septembre, 23 h 09
Objet : Que dire ?

David,

Ce que tu viens de dire au sujet de ton père me touche beaucoup. Je ne savais pas toute l'histoire, tu ne m'avais pas tout raconté. Et pas de cette façon.

Je comprends maintenant toute l'ampleur de ce que tu vis. Ce que ça signifie pour toi. Je suis désolée. J'ai mal pour toi. Mais je continue à croire qu'il faut que tu t'accroches. Ça va prendre du temps, certes, mais tu vas remonter à la surface. Tu es fort, David. La mer va se calmer.

J'aurais aimé pouvoir t'aider, t'écouter, te réconforter. Tu sais, c'est une de mes spécialités dans la vie… En fait, c'est mon métier.

Je repense à nous, à la magie de nos échanges, de nos rencontres. Je n'ai jamais été aussi proche de quelqu'un. En ce moment, c'est mon cœur qui chancelle. Pourtant, notre histoire ne faisait que commencer… Je cherche la cassure et je ne la trouve pas.

Flavie

De: leclairdavid@yahoo.ca
Le mercredi 10 septembre, 10 h 02
Objet: Il y a de ces nuits vraiment noires

La cassure? Elle est en moi, Flavie, la cassure. Ce n'est pas toi qui es en cause, c'est moi. Tu n'as rien à te reprocher. Je me suis écroulé et je ne suis pas capable de me relever. Et il pleut tellement, ça m'atteint au max, on dirait qu'il pleut en moi.

J'ai voulu t'aimer, Flavie, sincèrement, profondément. Mais je me suis effondré dans ma tête. J'espère que tu vas pouvoir comprendre. Et me pardonner.

Je me sens tellement mal par rapport à toi que ça ajoute au poids qui m'accable, moi qui veux justement me débarrasser de tout ce qui me pèse. D'ailleurs, tout me pèse: la vie, mes émotions, ma job, mon avenir. Et ce que je te fais subir. Surtout.

Ce message n'en est pas un d'adieu, c'est juste un au revoir. J'ai besoin de temps.

Merci pour tout. Tu es une fille extraordinaire.

Je ne t'oublierai jamais.

David
xxxx

✦

De : <u>flavie.valois@sympatico.ca</u>
Le jeudi 11 septembre, 21 h 43
Objet : 11 septembre

Ouch ! Le 11 septembre. Une date marquante, jour où une page d'histoire a été tournée. Une date qui a marqué la fin d'une époque d'insouciance, comme on nous le répète constamment à la télé et à la radio.

Il y a aussi de ces journées vraiment noires. Je ne m'attendais pas à une fin comme celle-là. Disons que je reste sur mon appétit. J'ai perdu ma boussole et je me suis moi-même perdue quelque part dans notre histoire.

J'essaye de ne pas trop penser à ma vie avant toi. Tout s'est passé si vite. Tu as été un ouragan dans ma vie. Je ne pensais jamais que ça se terminerait ainsi. Et aussi rapidement. Et en plus, c'est ma fête demain.

Je me demande si j'aurais vécu les choses de la même manière si j'avais su la fin de notre histoire. C'est fou, mais je crois que oui. J'ai risqué le tout pour le tout et je me suis pétée la gueule. Je repense à la citation de Bobin et je me dis que c'est l'imprévu de notre amour qui m'a fait vivre si intensément. Je me sens triste, mais terriblement vivante.

Vis ce que tu as à vivre et retrouve-toi. Je te laisse partir mais, avant, je veux t'offrir ces quelques lignes du superbe roman *Mon prochain amour*, que tu m'as offert et que je viens juste de terminer:

«Que reste-t-il de nous? De ce curieux lien qui nous a unis malgré nous, et à cause de nous? Une trace dans le monde, à jamais. C'est cela qui rend l'amour sacré au-delà de l'histoire elle-même et du temps par ceux qui l'ont vécue. Vous n'oublierez pas l'autre, ne comptez pas là-dessus, et si cela peut vous rassurer, l'autre ne vous oubliera pas. Simplement votre histoire est sortie du temps, des corps et des baisers pour aller rejoindre l'éternité, s'acheminer là où les désirs n'existent pas, où seuls comptent l'extrême attention que vous vous êtes portée l'un à l'autre, vos battements de cœur et votre rêve insensé que cela puisse durer. Vous avez commencé par un mystère, vous finissez par un autre mystère. Mais quelle importance!

À la fin du voyage, vous en savez un peu plus sur vous, sur l'autre, mais rien sur l'extraordinaire moment qui vous a fait vous rencontrer, et de tout ce que chacun a aussitôt investi, de son histoire et de ses rêves les plus secrets dans ce visage et cette silhouette qui venaient de vous apparaître. Car sachez-le, c'est bien d'apparition qu'il s'agit: vous vous êtes apparus l'un à l'autre comme deux anges, venus du ciel, pour apprendre l'amour dans un corps de femme et dans le corps d'un homme.

Aucun être ne nous attend nulle part, et ce désir n'est que l'image d'un rêve, le vôtre, le mien, celui de chacun d'entre nous qui veut croire, contre vents et marées, qu'une perfection immobile se tient à l'écart du chaos, pour accueillir nos détresses et nos espérances... c'est un rêve de naissance!»

Voilà. Mes joues goûtent le sel, je tremble, mais je n'ai pas peur. Un jour, peut-être, tu réapparaîtras dans ma vie. Est-ce que je serai là? Je ne sais pas...

Flavie

Remerciements

Nous remercions les auteurs et les maisons d'édition qui ont autorisé la reproduction d'extraits choisis de leurs ouvrages.

Page 44. *Bréviaire des vaincus*, Cioran © Éditions Gallimard, 1993.

Page 47. *La Quête* (*The Impossible Dream – Man of La Mancha*). Paroles : Joe Darion. Musique : Mitch Leigh. © Andrew Scott Music et Helena Music Company, ASCAP, 1965.

Page 55. *Isabelle Bruges*, Christian Bobin © Éditions Le temps qu'il fait, 1992.

Page 60. *Le livre de l'intranquilité*, Fernando Pessoa, traduit du portugais par Françoise Laye © Christian Bourgois, éditeur, 1988.

Page 76. *Geai*, Christian Bobin © Éditions Gallimard, 1998.

Page 121. *L'homme du désastre*, Christian Bobin © Fata Morgana, 1986.

Page 163. *Sur les cimes du désespoir*, Cioran © Éditions de l'Herne, Paris, 1990.

Pages 172-173. *Mon prochain amour*, Yves Simon © Éditions Grasset et Fasquell, 1996.

Pour communiquer avec les auteurs :

Julie Durocher : **flavie.valois@sympatico.ca**

et

Charles Paquin : **leclairdavid@yahoo.ca**

Achevé d'imprimer au Canada
en mai 2003
(ED. 1 / IMP. 2)